U0819157

如你一样的好

十一／著

北京时代华文书局

图书在版编目（CIP）数据

如你一样的好 / 十一著. -- 北京 : 北京时代华文书局, 2017.3
ISBN 978-7-5699-1395-8

Ⅰ. ①如 Ⅱ. ①十 Ⅲ. ①言情小说－中国－当代 Ⅳ. ① I247.5
中国版本图书馆 CIP 数据核字（2017）第 024987 号

如你一样的好
ru ni yi yang de hao

著　　者 | 十　一

出 版 人 | 王 训 海
选题策划 | 陈 丽 杰　骆礼波
责任编辑 | 陈 丽 杰　骆礼波
装帧设计 | 仙境书品　孙丽莉
责任印制 | 刘　　银

出版发行 | 北京时代华文书局 http://www.bjsdsj.com.cn
北京市东城区安定门外大街 138 号皇城国际大厦 A 座 8 楼
邮编：100011　电话：010-64267955　64267677　57735442
印　　刷 | 北京卡乐富印刷有限公司　010-60200572 转 8007
（如发现印装质量问题，请与印刷厂联系调换）
开　　本 | 880mm×1230mm　1/32　印　　张 | 7　字　　数 | 162 千字
版　　次 | 2017 年 3 月第 1 版　印　　次 | 2017 年 3 月第 1 次印刷
书　　号 | ISBN 978-7-5699-1395-8
定　　价 | 39.80 元

版权所有，侵权必究

如你一样的好，

就像花儿和四季一样。

如你一样的好，

晨间露珠般，

充满向上的光辉。

序　言

如你一样的好

人的降生，如同一粒种子的发芽，一颗星球的诞生，在茫茫宇宙中都是悄无声息的。

但不同于种子，不同于星球，不同于其他事物的存在与崩裂，人又是热闹腾腾，能够自我掌握和塑造的，所以可以活得堕落也可以活得神圣。

有没有想过，生而为人这件事情多么珍贵，我们降生为人，只有千分之几的概率成了现在的自己。有双手能创造，有双腿能走路，有思维能想象，有爱恨能感受。能创造出绘画、音乐、文章、影像、建筑等作品。降生为人实在太幸运了，但我们常常忘了自己本来就是世间最为独特的存在，而把自己的能量浪费在抱怨、猜疑、怨恨、妄念上。

这本书是从 2015 年年底开始写的，整个 26 岁都在构思书中的故事。有人说，女人一过了 26 岁，每过半年都会和原来的自己不一样，所以要多多拍照，留下每一个时间段的自己。而我的方式则是用文字留下了 26 岁的自己。

26 岁的我，每天早晨七点半醒来，洗漱出门，搭乘 6 号线换 2 号线去东直门一家出版社上班，在摇摇晃晃的地铁上，有时候发呆，有时候阅读，有时候用手机记下故事的场景和我在地铁上见到的人。九点四十分，从东四十条地铁口走出来，接触到地面的阳光，那条主道上仍在堵车，拐进东环广场，会遇到仍在铁皮箱里呼呼大睡的三个乞丐，偶尔迟到，能看到他们站在路边刷牙，有时候中午他们会买瓶啤酒和油饼聚在一起聊天，晚上他们会搬迁到地下通道里，在前面摆个盘子开始正式工作。每天晚上七点多走过去，我都会扔下一块钱，他们也是存在于我时间里的人。

这一年，我读完了近两百本书，听了两千多首钢琴曲，写了二十多篇短篇小说，谈了一场最终不会有任何结果的恋爱，失去了一个原本可以走入婚姻的亲人。那个小小的，自卑的，总是低着头，不想说太多话，不想活得太显眼的小生命，在生活凹凸不平的壳子里苦苦挣扎、打磨，却又每天充满希望。那种傻傻的希望感可能来自于卑微生命的倔强，以及生命与生活的摩擦和冲撞。

书中每个故事的主角也是如此，这些女孩子有的是我在旅行路上遇见的，在漠河，在张掖，在越南，在泰国，有些是身边的朋友，老的朋友，新的朋友，有些是我听来的故事，还有一些是我的想象，地铁上遇到的某个人，脑海里无缘无故出现的故事场景，最后都跑进了故事里。

在爱中求而不得，在爱中惶惶若失，在爱中战战兢兢，又在爱中浴火重生，这些姑娘活得洒脱、自在、明亮、向上。她们呼唤着我，于是我把她们的故事转化成文字给更多有相似经历的人看。后来确实如此，每当我写完一个故事就有很多人留言说她就是故事里的那个傻姑娘，和自己好像。

其实跳脱现在的生活，我们会发现我们无非经历着一些类似的事情，成人、求学、工作、恋爱、结婚、生子、老死，总有人和你处境与遭遇的一模一样，也总有人和你选择的不一样。

《如你一样的好》，这个“好”不是指我，而是指正在读这本书的你，以及书里所描写的那些女孩子。你就是她们，她们也是成长中的你。在生活的壳里，用生命与每个平凡日子摩擦碰撞，最后磨掉所有粗糙不光滑的部分，越来越接近圆润光洁的自己。

我们来到这个世界上，是为了看海看花看山谷，是为了享受生命这一场，我觉得你也要像我故事里的人，走在人群中总是倔强得高昂着头，哪怕身材矮小，哪怕内心偶尔有诸多不安，哪怕平凡的脸会瞬间被人潮淹没。但我相信你会守住心里的那颗种子，正在经受打磨的种子，始终微笑着迈着大步前行。到老的时候脸庞还如初生时一样干净，眼神清澈明亮，一说起话来会把所有力气都用上，生命仍鲜活。

愿相似的灵魂都会相遇，愿你浪荡一生追求所爱与所梦。

春天要来了，今早看到一首白乐天的诗，还是和往常一样，我在拥挤的地铁里写下来，分享给你看：

春风

——白居易

春风先发苑中梅，樱杏桃梨次第开。

荠花榆荚深村里，亦道春风为我来。

祝好。

目　录

CONTENTS

第2章 勇敢去爱

第3章 毅然脱离

第4章 寻找自己

第1章 珍惜现在

28 岁到 30 岁之间，是一个很拧巴的过程，可能在这之前你完全没有意识到自己会变成另外一个样子，还以为自己是二十出头的女孩子，但确确实实时间到了。

其实你不用跟任何人比，最最珍贵的是你自己

1

我的日语老师叫优泽，我们都喊他小泽老师。

如果你在路上遇见这位小泽老师，可能完全不会被面貌普普通通的他吸引。

但是！如果你上过小泽老师的课或稍稍与他有丁点接触，你就会被他的魅力所打动。魅力？对，就是魅力！看到他你就觉得很开心！听到他说的每一句话都想大点头！只要他在什么问题都可以搞定！他举手投足，都能让周围的风跟着飘逸起来！

啊，我可没有暗恋上他（肯定有喜欢的成分在），因为班里每个女孩子都是这么想的！而我也是在遇见小泽老师之后，才真正明白什么叫“魅力”。

其实小泽老师一点都不帅气，唉，脸上还有青春期过后留下的痘痕，个头也不是很高。但他不仅人干净利索，而且教日语的过程条理清晰，还能在黑板上把重点用漫画的方式画出来，让我们这些基础为零又爱玩的笨家伙们一下子就记住了。

虽然是个单身男士，穿着可老讲究了，毛衣不会是普通的麻花毛衣，领子处总得有点样式，衬衫每天都换洗，他还常年健身，虽然个子不高但宽松衣服下肌肉的轮廓弥补了男子气概，让人想去摸摸。

说话时总是温温柔柔面带笑意，一看到他就心情大爽，什么烦恼的事情都忘了。

最最值得敬佩的是他做什么都有准备，我们的课程安排在寒假期间，每天晚上七点开始，九点半结束，不论是下雪天还是严重的雾霾天，小泽老师永远都比我们早到半个小时，提前把知识点誊到黑板上，然后坐在教室前边喝茶边等从北京四面八方匆匆赶来的学员。

就是这个自律性强且具有专业技能的小泽老师，除了外貌不出色，其他一切都出色得要命，班里的女生暗地里都想嫁给他，Of Course，也包括我。

2

时间过得很快，半年后结业的时候，我们班三十二个人竟然全通过了考试。后来才听说，不知道是学生用心学还是小泽老师真的很幸运，凡是他带的班级几乎每一届都全过，从 2011 年从业以来到 2016 年，没有一届失过手！更有很多人上完他的课后又介绍来了一帮人。

我想如果小泽老师去劫银行，肯定也能干一大票！

成绩出来的那天，我们十几个人浩浩荡荡去了五道口的流氓村吃韩国烤肉，好像从冬天到夏初，每一次上课的日子都和现在一样开心，只不过大家第一次坐在狭窄的桌子旁聊的不是日语，而是每个人的状况，当然更多的问题都指向小泽老师。肯定得是小泽老师了，我对其他脸上长痘痘的男生不感兴趣，除了长痘痘，啥都不长。

“小泽老师，感觉您天生就是教日语的人呐，为什么您教得这么好这么成功呢？”这句话是我昨天晚上想好的，还没来得及拍马屁，就被某 X 红给说了。

小泽老师虽然没有喝太多酒，但脸也微微发红，在嘈杂中，他说话依旧那么耐心温和。

“我也不是天生教日语的，但如果不是遇到了日语，我现在应该在某个厂子里打工。”

“打工？怎么会？”

3

“瞧见没？我脸上的痘痘，现在想起来全是因为内心里淤积了太多的妒忌和不满。上学的时候我可是有名的大笨蛋，几乎每次考试都垫底。”

“但是您不是不努力的人啊。”别人说的。

“对啊对啊。”我说的。

“您每次讲课都做了很充分的准备。”又是别人说的。

“对啊对啊。”还是我说的。

女孩子叽叽喳喳，都抢着说话。我好像只能“对呀对呀”“对啊对啊”“是啊是啊”。

“也不是不努力啦，是怎么学都学不会，数学一看就蒙头，物理小球一转就晕圈，化学一实验就傻脸，生物一解剖就想吐。后来分科，成绩稍微好一点，能背的知识点都会背，但高考数学连 50 分都不到。”

另存爲

齐刷刷的眼睛，都盯着在帮我们放肉的小泽老师，肉放到铁盘上，刺啦刺啦，瞬间红色变成乳白色，还打了卷，“那时候我就像这肉，备受煎熬啊。”

小泽老师往肉上撒了点孜然料，我们被他逗乐了。但谁都顾不得吃，只想听小泽老师为什么后来会考上北大，还是早稻田提前录取生。据我们了解，小泽老师来自甘肃一个很偏远很偏远的黄土坡上，他还经常给我们讲小时候为了取水，一个人赶着牛车走好几公里。

“高考完就上了所普通的专科学校，学的也不是日语，而是工商管理。我对工商管理也不感冒啊，在大一上半学期快结束的时候突然从路上捡到日语韩语短期学习班的宣传单，就用回家的火车票钱报了名，那年寒假也没回家，火车票太贵了。再后来就发现我对语言比别人有特殊的敏感，学得很快。大二的时候我就申请了转系，学校不给批，因为转系的机会已经过去了，但我坚持要转系，我记得当时天天往校领导办公室跑，还给外语学院的院长写信，跑了几个月，外语学院的院长在收到我第二十几封信后终于同意了。”

“然后命运就被改变啦？”这是我问的唯一一句话，嘴里还衔着一大口烤蘑菇，蘑菇汁“刺啦”一下喷到了鼻子尖。

“可以这么说啦。考研的时候考到了北大，为了缓解生活压力给你们这些小孩儿教课，后来有早稻田大学的申请名额，就顺便申请了一下。”

4

所有人都像被雷劈了一样，呆呆地盯着这个在机构里神一样存在的老师，虽然还在念书但挣的钱却比我们这些上班族多得多，当我们赞叹他有学日语的天分，老天开眼让他人生有神转折时，小泽老师一脸严肃地说，“哪里有什么天分，我学日语的时候也是背到晚上一两点，第二天很早就起床在校园里背书。只不过因为我对日语比别人稍微顺手，又真心热爱，所以才有了今天。但你们可能不知道在遇到日语之前，我有多自卑，以为自己什么都干不了，为什么别人会做一道很简单的数学题，我自己脑袋撞破都不会，那种深深的自卑感压得我不敢和任何人说话，总感觉自己低人一等，走路时也总低着头。”

说完，他递给我一张餐巾纸，我傻傻地接了过去，握着，没想起来擦，直到出门的时候小泽老师又递来一张餐巾纸，指了指我的鼻子。

呃，你们还是接着听小泽老师怎么说的吧：

“遇到日语之后，那种‘原来我活着还有意义呀’的感觉就来了。找到了自己真正喜欢的事情，心境慢慢也平和了，不会愤世嫉俗，也不会怨天尤人，每天都活得很踏实。”

“其实上天赐予每个人的天赋都不一样，没必要羡慕别人，也不要和别人攀比，真正要做的是低头去找自己喜欢的那件事，自己擅长的那件事。总有一天你会与众不同。”

小泽老师打开了话匣子，喝完一杯又一杯。

“只要你找到了自己独一无二无可取代的地方，这时不论你站在任何人面前，都不会自卑，因为你手心里也有别人没有的。就像一名铁匠，能做出江湖所有人都想得到的宝刀，木匠能做出皇家雕刻，理发师傅能几分钟设计出时髦发型，他们把自己的那份天赋用努力和付出发挥到极致，最终都会成为江湖上的一个传说，即便站在国王面前都无半点自卑。”

“对，你要找到喜欢的事情，然后成为一个传奇。”

嘻嘻嘻，这些话说得真好，哪天一定要抄袭到自己的文章里！

（你应该，什么都没听见吧）

5

那顿散伙饭吃完后，我就再也没有见到过小泽老师了，从他朋友圈里看到他仍然在教书，今年年初在日本有了人生第一套房产，也开办了自己的日语学习班，同时他还在自学法语。

我每天默默在为他朋友圈点赞。他说的那些话，不管是酒气话，还是真心话，都印在了我的心里。每当走在拥挤的人潮中，瞧着平凡普通的人生过不下去，绝望到一无是处时，我就会想到他。

我们降生在这个世上没有太多差别，没有谁比谁高贵，穷人可以变成富人，富人也会变成穷人，每天都有堕落每天也都有传奇。但活到最后，人与人确实有了天与地的差别，是什么造成了天与地的差别呢?

毛姆在《作家笔记》里讲到夏威夷岛上的人年轻时很漂亮，眼睛大，嘴唇厚实性感，女孩子苗条优雅，男孩子身材高大匀称，但他们一上了年纪就发胖，变得像发胖的丑猴子。分析原因时，毛姆用了一句比较狠的话，“或许人只有被思想、活力和激情塑造出性格，上了年纪才会美丽。夏威夷人一直过着纯动物式的生活，他们年老之后便又恢复了动物的模样。”

是思想、活力、激情，还有热爱的事物，把灵魂驻到身体里。

每个人来到这个世上都有他的意义，你不用担心自己的渺小，也不用为自己的笨拙抓头挠腮，上天肯定有他的指示，关键是你要去找自己的使命，一天找不到没关系，一年找不到没关系，甚至半生找不到都没关系。我们自卑没关系，苦恼也没关系，关键是不要放弃寻找自己的使命。使命是什么？使命就是独特的属于你存在的意义。

从现在这一刻起，你要在每天晚上睡觉前，问问自己，去找一找，活着的使命是什么。

也许从你开始找的那一刻起，生命便开始变得不同了，虽然挣扎苦恼，但逆流而上时会让你变成不断学习的八爪鱼（我一个小姐妹的贴切形容，此处有抄袭），你会抓住任何一个学习的机会提升自己，为了找寻到而不断汲取，你不会再羡慕任何人，也不会再有自卑感。不平衡、善妒、易猜疑等等心理障碍也会随着自我不断提升自动改变。

这也是为什么段位越高的人越宽容，越成功的人越从容，生命越开阔。他们度过了一段艰难的找寻期并慢慢沉淀了自己，也在找寻的路上明白了“众生平等”的真正含义。说众生平等，是因为我们都有一颗种子——可以让生命发芽长大发挥极大潜能的种子。你要找到你的种子，然后好好守护与栽培，付出安静的努力，心态变得和缓，日子变得踏实，生命有了力量，性格里也会生出因热爱而产生的魅力，即便站到国王面前，你也是尊贵的。

真的，你不必羡慕任何人，跟任何人比，最最珍贵的是你自己。

祝愿你能将生命变得宽广开阔起来。

你会找一个什么样的人？

1

鲜口菇和罗勒叶，混灰色和鲜绿色，懒散地躺在盘绕交错的浅黄色意面上，一杯白水，停在木质托盘旁。

我们等焗饭。

三分钟后，焗饭送了上来，土豆、西红柿、彩椒混合芝士，外加一杯柠檬白水。刀叉擦净，搅动。

这是一家素食餐厅，每日经过，今天第一次走进来。

饭刚开动，对面同事问：

“你想过没有，将来会找什么样的人结婚？”

我怔了怔，米饭有点硬。把那口饭咽下去，又向窗外望了望，喷水池边正在放水雾，今日是周六，住附近小区的家人休息日带孩子来底铺餐厅吃午饭。孩子追着水雾跑。水雾一喷到身上，那些四五岁的男孩子就会尖叫。隔着玻璃，我听不到。

“没。”我扭过头冲她笑。

同事叫栀子，很少把身边现实生活着的人写进文章里，一是怕冒犯别人，二是怕被冒犯，太熟悉的人知道后，记录成窥见。不好。

找一个什么样的人结婚?

想过，曾经还规划过，甚至还画出了身高长相以及对音带发声都做了规定，穿衣打扮的品位某些底线不能犯，花衬衫、金项链、大金牙、随地吐痰以及任何大红色衣服都是禁忌，但现在不会想，也觉得荒谬。

“想想呢？”她笑着问我。

我们是同事，关系又不止于同事，来公司的第一天，黄昏下班时她在走廊里拽住我，叫出我的名字，我们的关系就超越了同事范围。几乎每周六，俩人都会走一些距离选一家西餐厅，慢慢悠悠吃一会儿午餐，谈最近发生的事情，她也会分享很多人生经验给我。

“嗯……通透吧。”

“希望他是通透的人，经历过很多世事仍宽容大度，不管对他人还是自己都存有温和与善意，此外精神上要保持一定的高度，不能俗，俗是大恶，要有充足的物质基础，不是给我，而是充足的物质基础本身是优秀的证明，他要有挣钱的能力但不要在乎钱，把钱攥得太紧，常常挂在嘴边，这也是不宽容大度。我希望我先生有某种厚度。”

“你说得太全乎了，这样的人很少。”她掰着手里的蒜蓉面包蘸了南瓜汤。

我真的很感谢她，竟然没有嘲笑我的幻想，可能换其他人，就会笑话了。

2

“其实找一个什么样的人，很重要也不重要，重要的是你自己。女人可以改变你身边的男人哦，你要始终记住这句话，女人身上有神圣的天性，发挥好这些天性你会使你的男人发生改变，通过共同进步，畅通地沟通交流，相互尊重以及一起充电学习，是可以改变你所跟随的人。”说完，她用勺子舀了一小口南瓜汤，“嗯，这个南瓜汤太好喝了，你尝一口！”

“果然。”我喝了口汤，鲜而不腻，保留了南瓜的香味，“步入婚姻之前，人需要一段学习时间，如何经营好一个家，如何面对婚姻中常出现的问题。婚姻是新的角色，很多人没有学习角色应该如何扮演，就匆匆忙忙进去了，最后弄得一塌糊涂，又退出来再学习。”

“是啊，身边很多这样的情况。其实步入婚姻也需要学习，即便现在我们会定期选一些书，出现任何小的问题也会进行深入的沟通。我感觉现在挺幸福的。”

我望着她笑，栀子现在已经有了个两岁的女儿，一个很疼她的老公。她常跟我说她很幸福，她很爱她的老公，老公也很爱她，孩子很可爱，就是现在也想马上回家亲亲她的小脸。

“所以，我想先独立一段时间，给自己留两三年的时间去学习，不管是自我提升，做饭、家务、时间规划、身体管理，还是意志力与情绪的反省，都需要这段时间的独处。”

我知道，不管未来遇到谁，跟谁走后半生，养儿育女，都需要做好自我的准备，明白未来会有什么问题存在，也知道如何解决它，以前总觉得人生短暂，一晃一生就完毕，但现在发现我们是一天一天过的，婚后是太漫长的过程，真的太漫长了，所以必须提前自我充实，新角色可是另外的一辈子。

“你为什么总是提前想得那么明白？”

“可能因为我太想拥有一个幸福的家了吧，一个欢笑很多，争吵很少甚至没有争吵的家。虽然很多人可能会说，这样家庭很少，但它毕竟存在。”

“我支持你。”她还是笑着看我，眼神是温柔的，她说：“我结婚之前呢，有一段时间特别地拼命，几乎把百分之九十的时间扑在了工作上，错过了很多人，最终遇到了现在的老公。虽然是工作推着我走，但有那段足够充实的时光，真的很棒，人生充实的时间段很少，要珍惜。”

“家庭也确实需要经营，经营的好与坏，与家中女人有很大的关系。虽然选谁做另一半很重要，但更重要的是你自己。”

3

栀子在伦敦读了五年书，本科加研究生都在牛津，毕业之后做高管 MBA 学习，每月在全世界顶级学府各处飞，后来嫁给一个很爱她的人，才停了下来。

虽然我眼前的她不再喜欢化妆，眼角还有一些小细纹，走在人群中你也完全看不出来她在伦敦生活了五年，但一交流就能触碰到那五年在她身上留下的痕迹。

这也是为什么我总喜欢找她聊天，她会给我很多建议，也会提一些现阶段不会考虑但早晚会用到的方法。

我望着她笑，“不急着结婚，但很害怕老了一事无成，26 岁以后女人就开始衰老，这是一个没有办法抗拒的过程，保养、心态都无法逆转自然的衰退。”

“28 岁到 30 岁之间，是一个很拧巴的过程，可能在这之前你完全没有意识到自己会变成另外一个样子，还以为自己是二十出头的女孩子，但确确实实时间到了。衰老我们没有办法抵抗，但过了 30 岁之后，特别是生了小孩之后，你就会慢慢接受。你看，我一出门，大家都知道我是个妈妈了。”她扯了扯身上的衣服。

“所以呀，你要找到接受衰老的底气呀。好的爱情和婚姻可以让你安心衰老，但这也可遇不可求，并不是每个人都有那么好的运气。不过我相信你会遇到特别好的人。”

我们又对着笑了笑。

两人把意面吃完，南瓜汤喝完，消化掉一份硬硬的芝士焗饭和沙拉，水杯里的白水又倒了一杯。

“确实是这样，最近我想明白了很多事，利用26岁到28岁这不到两年的时间，完成自己该完成的，有大量的钱，有不可取代的长处，如果幸运，有一些好的作品让人记住。哈，这是小小的底气和准备。”

说完，我把那杯水喝进肚子里，约莫又待了10分钟。她讲了留学给她带来的变化，讲了伦敦的贵族气，讲了英国的饮食与生活方式。

对此，我特别感激。

同时也感激自己，因为日益明晰自己的选择，也好像找到了生命的突破口，虽然这个突破口还需要我一个人用力地撞开它。

但是我知道，打开后，会是另外一个明亮的天与地。

祝你一路顺风啊，
我的女朋友

1

这是初夏的清晨。

我在十几平方米的小屋里睁开眼，还不到五点半，调了个身，倒向床尾，头发“啪”地一下打在地板上。窗外的风声、鸟鸣声、树叶与树叶的亲吻声，胡同里已经热闹起来的叫卖声，以及女朋友噼里啪啦的打字声，一起传进耳朵里。

我重新闭上眼睛，缓一缓睡意。

昨夜十二点多钟，也是这种手指肚碰撞键盘的声音，堆着文字，一点点敲打着只有北京深夜才有的寂静。

我的女朋友几乎每天都要写到凌晨一二点钟，睡三个多小时，又起来写。有时候热得睡不着觉，她睁着眼睛望着天花板，仅那么一小会儿，又爬起来继续噼里啪啦。

有时候我中午发信息问她，女朋友你中午吃饭了吗。

她隔一个多小时回我说，吃了。

吃的什么?

一个饼。

如果你去她工作的地方，中午全杂志社的人下楼找饭，偌大的编辑室里就她一个人，书桌上堆满了稿纸，还有瓶瓶罐罐的绿萝，她藏匿在靠窗户的位置，穿着或白色或蓝色或绛红色的裙子，要么挺直着背看书，要么挺直着背噼里啪啦。

不过你可别误会，我也是个女孩子，我们第二次见面是在三个月前，她突然想不起我叫什么名字，手在半空放了半天，拍到我肩膀的时候，喊了声：“你好，女朋友。”

我站在安定门的大桥上，盯着这个让我们苦苦等了半个小时的姑娘，咬了一口手里凉透的煎饼果子，傻傻回她：“你好，女朋友。”

于是，我们就这样互称对方为女朋友了。

总觉得喊一声女朋友是对彼此的一种鼓励，后来的日子里它确实成了一种鼓励，像亲人之间的默契，有时候我偷偷祷告上帝保佑，让这种鼓励不论多久都要留在我的生命里。

上帝应该听到了，并应允了。

2

我的女朋友叫小果，来北京十年，住在我醒来的这间不足15平方米的小房子里。我们常说这是一间寒酸但治愈的小屋，它收留过很多人，我，一些未见过面的朋友，还有她自己。

房间里只有一个暖气片，一个出租桌，一张出租床，水泥阳台上有一个出租衣柜，一块没有人抬出去的大木板，一个矮板凳，剩下的只有书和墙壁。

书堆满了暖气片上，堆满了整个墙角，床上是书，书桌上也是书，她从来都没有数过她拥有多少书。

其实她完全可以搬到更好的地方去，但那间房子好像有一种魔力，让任何去过那里的人都想多待一会儿，可能因为它太简洁、太安静，临着阳台的树又在风中总是喧闹个不停，所以会让来过的人都有种幻觉，窗外可能是山可能是海可能是其他美丽的风景。

“女朋友。”

“嗯？”

“你去过中央美院吗？”

“没有啊。”

“那你一定要去那里看看呀。”

“为什么啊？”

“那可是我去过的最美的学校呀，特别是在冬天的时候。你可一定要到那里去看看呀。”

我很难跟你形容，小果说这些的语气有多轻柔多梦幻，像母亲给熟睡的孩子讲睡前故事，句子结尾全是咿咿呀呀的儿话音，以至于“中央美院”这四个字就随着窗外叽叽喳喳的鸟叫声，像羽毛一样轻轻软软地落在了我的心里。

一下、两下，躺了下来。

3

夏季一过，为了节约上班时间，我打算搬到公司附近。

于是白天上班，晚上就坐上中介的摩托车去看房，风呼啦啦地吹过，那种铁骑带风感又让我一下子回到了越南。

阜通东路，广顺北大街，望花路，当逛到花家地南街的时候，我指着中央美院的校牌问小哥，

“这是个学校吗？”

“是啊。”

“中央美院？”

“对啊。”

“明儿咱不用满望京逛了，就租这个学校附近的房子，没有的话我不租了。”

这位来自内蒙古的小哥猛踩刹车，拐了个弯，然后加速50迈，风吹着嘴巴，呼啦啦，他迎着风大声说：

“您不早说！您看这个小区，今儿刚腾出一房，我这就带您看！”

后来证明，这里确实是个很讨人喜欢的地方。

有北京最大的画材市场，有最大的宜家商城，有一长排槐荫小路，晚上白天都不是很闹腾，在路上走着的要么是背着画板的学生，要么是提着画板的学生，要么是一起扛画板的学生。时不时地，你会遇到一些长头发穿着很特立独行的人。白天不上班，拐进某个社区买药，还能看到坐在马扎上画油画的大一新生。

而且路边的小店晚上九点半前一定会关门，咖啡馆也不会开到十一点之后，街道上停了万年不动的广告车，“上清美院，来叉叉画室”，发广告的阿姨坐在斜布椅子上，你不走上去问，她不会硬塞给你广告，跟你讲学素描

水彩油画的速成技巧。

这里更像一个独立于北京的小城，有自己的生活节奏与方式，更接地气也更趋自然。

进入9月的第三个星期天，小果突然打电话问我是不是在单向街，我说是，她说你出来下，我在门外。

当时好吃惊，因为进入秋天后她几乎每天都在全国各地贫困山区跑，很少回北京。我立马跑了出去，她拉着行李箱站在那棵矮树底下，树叶耷拉在她的头发上她也没察觉，一看见我出来，就大叫："哎呀，女朋友！好久都没见你了！"

"我也觉得是！好久都没见你了！"

还有"甚为想念"。但我说不出口，太酸。

虽然每天都在微信上聊天，见到活人，还是有很多话要说。她边走边给我说她的行程与见闻，孩子们给她的提问，酒局上的当地官员。当我们从社科院走到中央美院，天已经慢慢逼近黄昏，肚子也饿扁了。

美院北门对面就是北京国际画材中心，建筑后面有一个小院子，院子里有两家稍微大点的饭馆，一家理发店，拐角处是几家面馆，不知道是学生都爱吃面，还是恰好在这里开饭馆的老板只会做面，重庆小面、云南面馆、山西面馆依次排开。你一转头，就掉进了面的世界里。

我和女朋友吃了重庆小面，要了一碗剁椒小蛋蛋。"剁椒小蛋蛋"，我们指着那一小碗酱油泡鹌鹑蛋笑了好久。

吃完辣辣的重庆小面和剁椒小蛋蛋，拍着重新鼓起来的肚子来到美院门口，一抹很美的晚霞恰好落在了红铁门上，小果昂着头边看那抹橘红色的云边感叹。

“唉，一点都没变呀，和十几年前一模一样。”

“十几年前有这些店吗？”

“有的有，有的没有，但基本上没有什么变化。时间过得太快了，一下子十几年没了。可是回到这里，又像是昨天发生的事。”

十几年前，我的女朋友还是一个高中生，从山东以卖羊肉汤出名的小县城跑到中央美院学画画，当时一起来的还有她后来的丈夫闵善希。

“大希他可帅了，高高的个子，长得很白净，画画很有天分，不爱说话，那个时候他经常跟着我。”

发生了那么多事情，她还叫他大希。

4

“这里，我们在这里写过生，哎呀，怎么还是这棵树！”那是一棵被削成寸头的龙爪槐，小果看到它就抱了上去。

“哎呀，以前我们总在这里写生，别人坐在教室里学习，我们就坐在这里排成一排画这棵树，我总是画不好，大希他会走过来敲我的头，说我榆木脑袋。”

“哎呀，没想到它还在这里。”

我站在远处的平台上望着她，她抱着那棵树，昂着头看从树叶子里透过来的天，把这三句“哎呀”分三次说完。

“特别是冬天的时候，这里可美了，一下雪，雪会把所有房子都盖住，树是白色的，地是白色的，天如果暗的话，也是白色的，整个世界都是白色的。”

可能是写文章的原因，从她口里出来的话总带有诗意。

“挺美的啊。”我把手放在栏杆上，想象着冬天美院的样子，真想亲眼看看。

“是啊。每次一下雪，老师就会让我们排成一排，画雪景，我们就特别高兴，从教室里呼啦啦跑出来喊‘下雪了，下雪了’。我画得慢，每次画完手就冻裂了，所以整个冬天大希总拿着冻疮膏，逮住我就涂一下。”

“你们还有过这么美好的过往啊，都没听你提过。”

“是很美好啊，我也很少想起来。其实整个高中时代都很美好，大希高冷孤僻，一天不说十句话，但我们在一起时总是说个不停，就像咱俩。夏天我们在操场上跑步，冬天也跑，还穿过杏树林去捡掉下来的白果。”

“我记得那个时候自己只有几百块钱的生活费，特别想吃肯德基的汉堡，每次走过肯德基、麦当劳，女朋友，你知道吗，我那时候多么羡慕里面坐着的人，我想，那就是全天下最幸福的人了吧。”

“所以你现在每次出差回来，都会去麦当劳、肯德基吃一对辣鸡翅吗？”

“哈哈哈。”小果突然被我逗乐了，笑着扭头说，“但大希有钱了总带我去吃。”

大希很有钱，县城整个一排商铺都是他家的，甚至在北京都有好几套房子，大希家好像除了房子还是房子。所以有资本孤傲不合群不努力只靠天分学艺术。

她放开那棵树，我们一起走进唯一一座老教学楼里。现在都下课了，一个人都没有，教室被隔成一小间一小间，走廊里堆满了画板，散发着浓重的聚乙烯的味道，还有时光回笼的味道。

我们走到最高一层，有几个工人在刷墙，一个戴眼镜的男生盯工。

“这么破的楼，怎么还刷里墙？”

“因为每一届的学生都会把整个墙壁涂得稀里哗啦，一走进去吓死你，所以在新生上课前，会重新涂一遍。我们走的时候也是这样，重新刷了墙。我记得那天我们坐着大巴车回家过年，过完年老师说不回来了，大希坐在我旁边，满车人唱那首《送别》。”

长亭外，古道边，芳草碧连天。是李叔同的词。

美院老楼的窗户很小，爬满了爬山虎，外面微微的光透过小窗户落在水泥地上，古老得像回到了高中时代。大家互相打闹，互相开玩笑，低头做作业，抬头看看对方，人还在隔座的座位上。

“没想到，还这么浪漫过。”我感叹道，如果你知道后面的故事，肯定也会像我这样心酸地说。

浪漫过，美好过，爱过，恨过，一个“过”字，经历的人得付出多少无价年华。

5

小果的分数没有达到美院的线，上了成都的西南交大，大希远远超过了美院的线，上了北大。两个人再也没有联系过，那一期来学画画的孩子，没有一个人留在美院。

故事到这里，可能会是最好的结局吧。我也多么想讲到这里就不再讲下去，可时间总往前走，人的命运也是啊。

四年后小果来到了北京，那时她手机里已经没了他的手机号，没了QQ号，没了邮箱，她托了三四个朋友，辗转联系上了已经在某百互联网做UI的大希。

“他见到我很吃惊，我由一个一百三十斤的胖子变成了九十多斤的瘦子，出落成了一个小女人，大希在北京西站都没认出来我。”

我们已经在美院的操场上走了好几圈，天上的星星上了岗，一昂头，能看到很多颗。小果她昂着头，很多跑步的人穿过仰着脖子看星星的她。

“女朋友，你说一切是不是命中注定的啊，两个人明明已经断了联系，可能再也不会出现在对方的世界里，或许再过那么几年，即便出现，也不会成为夫妻。我为什么要费尽力气去联系他啊。”

“你后悔了吗？”

“我们能选择吗？”她还是昂着头，星星有那么好看吗？很想问问她，但什么都没有说出口。

小果来北京后住在北京电影学院的地下室，准备考电影学院的研究生。有人说，北京地下室里住的都是北京未来的大人物，而她住的那里多半是很穷的艺术家，青年导演，梦想成为明星每天四点去蹲点等戏的群演。

那时候，大希常常坐着公交车从西二旗跑到西土城看她。有一次地下室的蓄水池漏水，整个地下室都淹了，大希接到信息凌晨两点打车赶到，和穿着睡衣的她在麦当劳店里坐到天明。

后来研究生初试过了，复试没有过，她去了一家插画室做插画师，画出来的画被很多杂志当成封面图，她的插画在业界也越来越有名气。当时，法国的绘画机构给了画室两个免费的留法名额，有小果一个。她却在这个人生转折的时候怀了孩子，放弃高薪工作和法国留学机会，和大希匆匆领了证，欢欢喜喜待产。

可是孩子还没有生下来，住进大希家她才发现经常出差的大希出了轨。或许早就出轨了。

“好多时候，我们可能都没有选择的余地。”好久，她放下脑袋瓜，说，“那是个孩子，我不能杀死她。”

生孩子的时候，大希在出差没有回来，她一个人在医院里待产。因为不符合剖腹产的条件，她一个人在走廊里来回走到深夜，生产时还大出血。当医生问保孩子还是母亲时，大希妈妈打电话说要孩子。

当时她在生死单上签字时，心凉到冰里。

孩子一生下来，她便跟大希离了婚，搬到现在这个房子里，一个人带着女儿，又重新开始画画接稿，有时候也接书稿，推着婴儿车从四环到二环接几百块钱的书稿。

孩子养到一岁多，越来越可爱，丈夫那边的爸妈又想要孩子，让她开个价，多少钱能把孩子交出来，她一句话都没有说，也一分钱都没有要，把小小的姑娘送了过去，自己一个人晚上十二点多回到了出租屋，大哭了一场。

“女朋友，如果你意外怀孕，你就告诉我，不管什么情况，我都会在你身边照顾你。”其实是逗笑的话，可她说得异常认真。

6

从美院门口走出来，街道上的店铺全部关了门，在空无一人的街道上，蛐蛐在叫，蜘蛛在结网，地下的小虫在储存冬天到来前的粮食，我们匆匆在路上走。

突然想起来，曾经，我们俩穿过有水渍的菜市场，穿过卖过期牛奶酸奶的摊点，穿过高碑店卖老豆腐的小摊小贩，穿过没有红绿灯却有汽油味和车尾喷出的余热的马路，边走边讨论，边讨论边哈哈大笑，像个疯子，也像个哲学家，对，古希腊时期的哲学家，柏拉图与亚里士多德思辨精神存在的哲学家，只不过我们的哲学院在繁闹的街头，我们听众只是我们自己以及穿过我们的风。

你完全看不到这个把生命百分之八十的时间交给写作和画画的女孩子曾经经历过什么，对，我还称她为女孩子，眼角没有皱纹，眉上是打弯的空气刘海儿，栗色头发停在齐耳处，皮肤还是嫩嫩的白。虽然女儿今年已经四五岁上幼儿园中班，会扯着裤子说为什么妈妈能穿裙子我就非得穿校裤。

可她依然是个女孩子的样子，没有市井气，遇事不会争执。

“为什么你们曾经那么好过，到最后互相伤害那么深？我们能避免吗？”

“女朋友啊，其实这个世界上根本没有人能伤害到你，除非你想让他伤害，心甘情愿让他伤害。总是要经历一些事情的吧……”

我们走在路上，在庞大的寂静中，急匆匆的脚步声与谈话声传得老远。

“你会因为那些欺骗过你伤害过你背叛过你的人，而遗弃整个世界吗？”我又问她。

“你会吗？”她反问我。

“不会。”

“我也不会。”

“为什么啊？”我只是知道不要去恨别人，可找不到把自己从中立的位置往其他方向引的力量。

“因为我觉得，我内心里的美好比任何东西都可贵。”

听到她说这些话，我终于明白为什么她总会很容易就原谅别人，很容易感谢生活给她的不属于恩赐的“恩赐”，也很容易就忘掉一次次的伤害，为什么她那么执意地一个人努力，可能就想看看自己坚持得对不对。

可能学艺术的女生总是会把幸福搞丢，太偏执，太理想化，太热爱纯净，这世界哪里有纯净呢，纯净的地方只有人心里，也可能没有比人心更纯净的地方。

你完全不知道这个经常被骗的姑娘有多善良，她会偷偷给慈善机构捐钱，会定期去寺庙放生，会把不穿的衣服洗好捐给山区的孩子，后来她甚至从事了公益演讲的工作，一个山区一个山区地去讲阅读和写作的意义。

她觉得那是她活着的意义，写作、画画、演讲。每天醒来，她会跟我说，女朋友，我觉得自己好幸运啊，身边有那么多好朋友，还能做些对别人有意义的事情，我真的好幸运啊。我也觉得她幸运，幸运是她自己给自己挣来的。

第二天清晨，她在去西北演讲的路上给我发信息，

"女朋友，你说未来还会好吗？"

"一定会好的。"

很久很久，她都没有再回信，我知道，她心里肯定也是这么想的。

祝你一路顺风啊，我的女朋友。

"旋风拌著沙尘
把晒在外面的衣服缠绕着
中午前天空上那白色的月亮
觉得好美好美而看得入了迷
虽然也会遇到不顺遂的事
抬头看看天空就会发现
——那有多微不足道"

清　　晰

我觉得我想要的，想成为的，想过的生活越来越清晰了。

这种每日变化的我与存在肉体里的精神，通过不停地思考、挣扎，在脑子里提问以及阅读书籍。

于是那种叫作理想的东西日渐清晰了

今天读书，有一个“自我形象”的词触动了我。

“设想一下，如果你走完一生却不知道内在自我是谁，那将怎样？你将不会形成喜好，拥有梦想，设定目标与建立关系。”

问题又回到了最起始，无数世人与哲学家会思考的，“是谁，到哪里去。”

我不知道我是谁，我来自哪里，也不知道宇宙之外到底有没有神，宗教里的佛陀有没有存在（肯定存在），我也没有见到过（但感知过）。

这些深层次的问题永远止于讨论、思考。

但是有一点，就是现世中，你将成为一个什么样的人，这种层面的，现世的，浅层的，位于当下与未来，也位于生活表层与此生活动的，也就是叫作理想的东西，实践起来才有意义。

我们不知道我们来自哪里，我们是谁，这个问题只有降生之前以及死之后才会有答案，甚至也没有答案，这些形而上。

但形而下的呢？理想，成为什么样的人？却是可以通过不断探索与思考，实践与尝试，忍耐与付出，最终得以实现。

比如你想去法国学蓝带，然后成为一名糕点师，完全是可能的。

比如你想去大理，与世无争地过慢生活，也是可能的。

比如你想画画，画遍世界，也是可能的。

再比如我的理想，以前我可能会模模糊糊地有一些形象，但如今越来越清晰，一想到这句“设想一下，如果你走完一生……”我就知道自己的理想是什么了。

是走遍世界，写很多故事，不止于现在的短篇，也不止于现在的爱情故事，而是我看到的世界里的人们的故事。用文字，一点点描述出来，文字的美感，用词，节奏以及架构，都可以引发共鸣。

我相信这就是写东西的力量，即便我写的故事是假的，也有人在经历。而未来我也会写纪实性的故事，比如非洲部落里一个家族的故事，赤道雨林里野人生活的故事，校园里青春爱恋的故事。

一想想这些，永远都描述不完，看不完的世界，锤炼不完的文字境界，就觉得，这是我的理想呀。

所以你要低头问问自己：“设想一下，如果走完一生，你会……”

站在老与死的地方，问一问。

圆　满

艺术天才谢尔·希尔弗斯坦曾经写了一个简笔画故事叫*The Missing Piece*，说的是一个缺了一角的圆，一边唱着歌一边寻找它缺的一角。有的一角太大，戳伤了它，有的又太小，凑不到一起，有的嫌太紧，有的又太松，于是它漂洋过海，经历了很多一角，终于找到了与自己最合适的那一角，它们组成了完整的圆。它们急切地在一起，但是圆却发现它再也无法歌唱了。最后，它轻轻放下千辛万苦寻到的那一角，又独自上路。它又成为那个缺角的圆了，可以闻花朵，可以给路边遇到的石子打招呼，可以唱歌，可以很快乐地活，虽然它依旧不完整……

其实自我们有独立自我意识之后，就开始踏上寻找缺角的过程。那一角可能是亲人，可能是朋友，而往往是爱人。我们希望所爱之人能填补内心的空缺，把孤独填平，把平庸赶走，把不完整补全。

但事实上，你永远都无法从别人身上找到自己缺失的那一角，因为那是你缺失的，你本身就缺失的怎么可能从外面找到呢？但找寻是有必要的，我们也必须找寻，必须受伤，必须去爱一个人。

每遇见一个爱的人，我们会体会快乐、痛苦、幸福、感动、希望、欺骗、憎恨、嫉妒、谅解、信任，这些好的与坏的情绪感受交替存在。不过是为了学习爱，又放下爱，把对方奉若神明，又离开，并转回头找那个缺了一角的自己，真实的并不完美的自己，最终的目的是接纳、完善并学会爱自己。这是生命的过程，也是每个人所必须经历的过程。

直到我们碰到了那一角，我们不会再把对方吃进肚子里，而是向它伸手，“嘿，我们一起去闻花朵的香吧，一起唱歌，一起前行。”

或碰不到让生命愉悦的那一角，不过也没关系，因为你已经学会如何让生命愉悦了。

希望你在经历一场场关系中，那场场关系给你带来伤害也好促进也罢，救赎也好沉沦也罢，你要走过去，去经历它，让内心变得更加澄明、更加坚定，也更加宽容，最重要的是，依然保持孩童的可爱与真诚。那是我们来这世上最初的样子。

最后，到老了的时候，我们有清亮的眼神，面容里有慈悲的褶皱，有安和的状态，那是你爱自己，也爱别人后，岁月所给的馈赠。

这也是 26 岁时的我所能想到的全部答案。

祝好。

第2章 勇敢去爱

当你遇见爱的那个人的时候，能够放下心里的芥蒂，轻轻地把你的心捧给他，安安心心放到他那里，不怀疑，不怕伤害，即便结局不美好，你仍能大病一场之后活过来，仍是骄傲着的独立着的自信着的，并且昂着头有满满勇气向前走的好姑娘。

余安安

——有个傻姑娘，如此爱过你

1

余安安啪一下掰开手中的一次性筷子，插进一盘飘香拌面里，麻酱与香油的香气瞬间飘散开。十多年了，动作如此熟练，不到30秒，每根面条都被麻酱裹得均均匀匀。

“吃吧。”她把荡着热气与香气的拌面轻轻推到徐哲手边，穿着一身新郎礼服的徐哲，低头把那盘飘香拌面吃得一干二净。余安安托着腮看着吃面的徐哲，一桌子四个人都不说话。

徐哲与余安安就是在这家沙县小吃店认识的。现在想来，仿佛老天事先安排好一样，一分一秒都不差，让大家聚集在了这里。也不对，或许没有这家沙县小吃店，没有飘香拌面，也会有什么沸腾鱼涮羊肉之类的让我们牵扯到一起。就像本来就有交点的线，虽然起点在不同的方向，但总有一个点，等待着线与线的交会。

高二那年的初夏，徐哲从起床那刻起就嚷着要吃飘香拌面，我们哥几个刚打完篮球，一身臭汗晃着膀子就走进了学校西门的沙县小吃店。当时沙县小吃店还没有像现在这样遍布全国，那时大同仅有一家，就在我们学校西门，每天中午挤满了不回家吃饭的学生，常常要等好久才能等到一个座。我记得我们三个傻大个在十几平方米的小店里杵了好久，好不容易空出一个四人座，刚想去坐，一个瘦瘦小小的姑娘从门外跑了进来，像猴子一样嗖地坐下来，啪一声把钱包摔在还没有擦的桌子上。

她抬起头大喊了声：“老板！快来盘飘香拌面，想了好几天了都！”

这个瘦瘦小小的姑娘就是余安安。

那年她 15 岁，又小又瘦又黑，都 15 岁了，还像个十一二岁的小姑娘，后来等她快大学毕业的时候，穿着短裤背心留着短发的余安安仍像个十一二岁的小姑娘，她抄着口袋站在车站广场等我们时，让人吃惊，原来时间可以在一个人身上停留那么久。

刚才她好像完全没有注意到我们仨：我、徐哲、大猫。

“小妹妹你几个人？”

“我不是你小妹妹。”

“你几岁？”

“你呢？”

“15 岁。”

“几月份的？”

“10 月，干吗？”

“10 月几号？”

“16 号啊。”

“你调查过我？”

“什么？！”

“你怎么知道我生日？”

“我他妈的确实是16号啊！”徐哲爆了粗口。

这是徐哲与余安安第二次相遇。事实上他们第一次相遇是在刚出生时的育婴房里，当时他们都因为早产被放在小玻璃房内，徐哲比余安安早十几分钟出生。因为同一个小玻璃房，两家人还差点打起来。

那次我们四个就像现在这样，点了四份飘香拌面。老板把第一份面先给了余安安，我们三个继续等面，余安安也像现在一样，干干脆脆地掰开一次性筷子，搅啊搅，然后把面推到徐哲面前。

“看在我们同年同月同日生的份上，这份面你先吃。”

徐哲二话没说，低头就把那盘拌好的面给吃了，我和大猫愣在那里。

“我是高二一班的余安安。你叫什么？”我们三个男生再次被她的勇气怔住了，男主角徐哲因吃得急，嘴边沾满了麻酱，他盯着余安安结结巴巴地说，“徐——哲——啊。”

“徐——哲——啊。嗯，徐哲。”余安安饶有兴趣地品了品徐哲的名字，“你几班的？”

“你想干吗？”

“刚才我告诉你我是一班的，公平起见，你也应该告诉我你是几班的吧？”

“七。”徐哲白了她一眼，莫名其妙。

“吃吧。”

“……”

情况很诡异，当时分析了两种可能，第一种是，这个奇怪的姑娘是徐哲女朋友特意安排的人物，为了测试徐哲的忠诚度；第二种可能是，这女生暗恋徐哲好久。可后面的事情却又推翻了我们的猜测，她吃完面，满意地擦吧擦吧嘴，结完账便走了人，一句话都没说。

嗯，可能是第三种，她神经有点问题。

就当我们已经把这个很有个性的小姑娘忘掉之后，余安安再次出现了。

2

那天正好期末考试结束，第二天就要放暑假，大家大声讨论着暑假的计划，整个教室被暑假逼近的兴奋感炸开了花。余安安就站在人声鼎沸的教室门口，冲着闹翻天的教室大喊了声："徐哲！"

"我找，徐——哲！"

那一刻，我想我会铭记一辈子。那一刻的余安安就是我心中的英雄，对，女英雄。矮个子余安安穿着一身肥肥大大的蓝白色校服，双手抄在上衣口袋里，梳着马尾辫留着齐刘海儿，放学时的夕阳打在她脸上，她尖尖的声音让沸腾的教室瞬间安静了下来，五十几双眼睛齐刷刷地望向她，她惧了，往后退了两步，但又向前走了两步，好像在给自己打气一样，她又冲着安静下来的教室喊了声："我找徐——哲。"

她故意把"徐哲"两字拖得长长的，第二声"徐哲"让正坐在课桌上手舞足蹈讲着要和女友学游泳的徐哲扭过了头，教室里的眼睛又都转向徐哲，仿佛在默默告诉余安安他就是徐哲。

徐哲眯起眼睛，显然已经把这个同年同月同日生的普通姑娘忘得一干二净。他从课桌上跳下来，晃晃悠悠走出过道，站到余安安面前，教室又恢复喧闹，没有人管发生了什么，可是隔了不到 10 秒前排的同学就吹起了口哨。

一片喧然。

余安安塞到徐哲手里一封信，然后，然后就跑了。

这样的事情经常发生，不过一般都是男生硬把信塞到女生手里，女生当众塞情书给男生的，还从未遇见过。所有人都震惊了。但对于帅气的徐哲来说，他早已习以为常，他是那种被女生惯坏了的人，可能只在接到信的时候有点手足无措，但这种手足无措在徐哲身上发挥作用也不到 60 秒，一个深呼吸，他便能镇定下来。不过又是一个追求者嘛。

说实话，徐哲确实长得不赖，高二那年就已经长到一米七五，高高的个子，篮球打得好，皮肤虽然有点黑但精致的五官让他在我们这群满脸痘痘的男生中显得异常帅气，很像大学时火遍全国的高版郭富城。他摇摇晃晃地回到座位上，一路口哨不断，等来到最后一排，我们一把把那封信抢了过来，高声把信的内容念了出来。

“我相信缘分，我问过我妈，你就是那个和我抢育儿室床位的，我们从刚一出生就认识了，或许你还睁着眼看过我。你看，我们从一出生就是朋友了，也要做一辈子的朋友。我会是个好朋友。余安安。”

白瞎起哄了，男生都散了，女生都松了口气。

“你怎么处理？”大猫晃着信说。

“我有女朋友，她进不来。”徐哲坐下来收拾书包。

徐哲的女朋友叫莉娜，是音乐班的班花，每天化着浓浓的妆，拿徐哲现在的眼光来看绝对不会对浓妆艳抹的姑娘动心，但对于当时的小男孩来说，拥有一个漂亮的学音乐的姑娘，是荣耀。

3

暑假回来后，余安安奇迹般地加入了我们的阵营，后来听徐哲讲是莉娜说带个小姐妹来，她的小姐妹就是余安安。徐哲、大猫和我，站在这个小个子女生前面吃惊地瞪着她，她也昂头瞪着我们，对峙持续了几分钟，莉娜伸手拽起徐哲的手臂，说，“她学习很好的，上次英语奥赛得第一的，就是她。”

“噢。关我什么事？”

“安安会帮我补习英语。欸，大猫，林枫，你们也可以来哦。”

“啊，余同学好。”

“好。”

不过余安安确实是个合格的跟班，暑假一过升入高三，不管学业多忙，只要有我们在，就有她在，打篮球时她给我们拿外套，吃饭时她给我们抢座位，偶尔也帮我们抄抄作业，补习补习英语和数学。

很多女生都以为余安安是徐哲的新女朋友，这也为她招来很多不幸的事，隔几天自行车被放气，隔几天抽洞里就出现死虫子，隔几天就收到咒骂信。好在她人小心大，隔几天就跟我们炫耀她又被怎么怎么整了。

高三下半学期，余安安被分到重点班，莉娜在全国各地跑音乐生考试，学业压力越来越重，我们也不再打篮球，只是偶尔黄昏的时候打打球释放一下学习上的压力，每次打球余安安都在，她也不喊加油，远远地在石凳上坐着，我不知道她当时在想什么，后来过了很多年，她哭着跟我们说，那是她高中时代最快乐的时光，也是这辈子最快乐的时光，她那时最大的梦想就是这么远远地看着我们一辈子。

能成为一个人最快乐的时光，肯定是因着一个人。余安安的快乐肯定是因为徐哲。

莉娜考入了四川音乐学院，我和大猫去了北京，念工科，余安安高考成绩很好，本来可以报北外，她的理想就是北外，不止一次提到过将来想做个翻译官，但填报志愿的时候她舍弃北外追随徐哲南下去了广州，徐哲在暨南大学念经济，余安安在中山大学念英文文学。我们从此四分五散。

余安安仍然是个跟屁虫，只不过是一个人的跟屁虫，她陪徐哲坐了 38 个小时的火车从大同到广州入学。

刚到广州，徐哲吃不惯广州甜腻腻的菜，她就满街找卖馒头卖面食的小店，然后拉着徐哲一个一个去吃，在她的小笔记本里密密麻麻记下了广州哪条街有好吃的刀削面，哪条街有正宗的荞麦圪坨，她甚至在破烂不堪的巷子里发现了一家味道超级正的莜面栲栳栳！我和大猫去广州玩的时候，她还蹦跶蹦跶带我们去吃过。

她几乎每周都会去找徐哲，像个亲妈一样把他的臭袜子脏内裤抱回自己学校洗，然后周末晚上再给他送回去，徐哲也把她当成了御用保姆，买衣服找余安安，选公选课找余安安，没钱了找余安安，大二的时候徐哲参加校园歌唱比赛，余安安把中大外院的姑娘全拉来为徐哲助阵，最后徐哲得了第三名，也得了个新女朋友。

莉娜一接到四川音乐学院的录取通知书便把徐哲给甩了，我和大猫分析这也是余安安为什么放弃报考北外的原因。

当徐哲给我和大猫打电话说自己找女朋友了，女朋友不是余安安，我跟大猫正坐在天阶啃猪蹄，话都没听他说完就挂了电话马上打电话给余安安，余安安那边嘻嘻哈哈说那女的长得挺漂亮的，自己终于熬到头了。我和大猫都不说话，她一直是这样，从来都不会哭，不会当着我们的面哭，她总是自己处理自己的伤口。之前我们不知道，知道也是因为有伤口出现了。

过年的时候余安安没有回家，铁哥们儿四小组就她一个人缺了席，她背着大包大冬天的一个人去了西藏，她在西藏待了大半个月，我们不知道她在那里经历了什么，遇见过什么人，去了哪些地方。她回来以后就从徐哲的生活里彻彻底底消失了。徐哲的女朋友也不知道曾经有余安安这么一个为徐哲掏心掏肺的傻姑娘。

4

大四毕业那年，徐哲女朋友想回福建老家，他想来北京找我和大猫，和平分手的消息也没有跟余安安说。

徐哲 5 月份便在北京找好了工作，一毕业便来京工作，我和大猫毕业后也留在了北京，我在中关村，大猫在望京，徐哲在国贸，我们三个在天通苑西区租了个三室一厅的房子，每天挤地铁朝九晚五地上班下班，屋子里都是臭袜子和泡面的混合气。

没想到 9 月份，余安安这个消失的人突然出现了。

她给大猫和我咋咋呼呼地打电话，说自己受不了广州了，要来北京投奔我们，其实我们都知道她当妈的任务又开始了。

那天是周五，我们从不同方向赶往北京西站，接到了从广州坐了 21 小时硬座的余安安。

“你的长头发呢？”大猫问。

“剪了。”

“你他妈的就没钱坐个飞机？”徐哲问。

“没钱。钱得省着用。”

“卧铺呢？”

“我想坐着，看看风景。”

“余安安，不是我说你……算了，不说了……回家吧，用你省的钱好好撮一顿，哈哈。”徐哲从余安安手里接过天蓝色的小行李箱，那是她上大学时买的，竟然一点也不显旧，女孩子和男孩子就是不一样。

“好啊！我想吃火锅！”我说。

“啦啦啦，我也是！！”余安安欢乐地蹦起来，跑在了我们面前，“原来这就是北京啊！天还不错！”

我们笑嘻嘻地跟在她后面，又把乱跑的她拉回来，像宠溺一个孩子一样，而且，有余安安在我们也感觉自己还是那个十几岁的孩子。

我们四个铁哥们儿组合又在一起了。余安安睡一屋，我和大猫睡一屋，徐哲睡一屋，客厅睡狗。

余安安一来北京，就跑到昌平郊区收养了一条狗，她说有狗的家才像个家。

我们的那个出租屋确实被余安安装扮得像个家，虽然养了狗，但客厅的地板每天都被擦得干干净净的，每天早晨餐桌上都摆好早餐，晚上不管我们多晚回家冰箱里都会有做好的饭菜，每周五晚上阳台上晾满了这周穿过的脏衣服。我至今都怀念每周五晚上余安安给我们洗完衣服后，充盈整个房间的蓝月亮洗衣液的香味。

后来我一个人去逛家乐福，想买这个牌子的洗衣液，走遍了家乐福没有找到，店员说家乐福不卖蓝月亮，从此之后我便不逛家乐福。

那时，我们经常加班到很晚，大猫有时候夜里两点才从望京打车回家，徐哲也是。但不管多晚，余安安都会等着我们，她在某出版社做版权编辑，一边熬夜做翻译的私活一边等我们回家。那时候，我们每个人，包括徐哲，都把它当成了家，我喜欢一推开门乐乐就扑过来（乐乐就是那条狗），余安安也顶着乱糟糟的头发踢踏着拖鞋从卧室跑出来。

“吃饭了没？饿不饿？我靠，你大爷的脚又那么臭。”

“哈哈哈哈……”

如果我们永远是二十三四岁，时间永远循环在那个时段该多好，那时我们没有钱，都是公司底层员工，挣着最低的工资，交完房租会凑凑钱去吃顿老城一锅羊蝎子。

穷，却年轻，时光过得清浅却幸福。

可什么都会变化，年岁的增长给我们很多东西，钱、职位、车子、房子，也会从我们身上掏走一些东西，年轻，继续在一起下去的时间。我们不可能永远这么在一起。

首先是大猫，他谈了个女朋友，搬出去住了，其次是我，我被调派到上海负责上海的项目，再次是徐哲，他又找了个女朋友。

像上次一样，只是这次我们更不知道如何安慰余安安，余安安这次没有嘻嘻哈哈，我放下手里的项目立马回了北京，我们几个又回到了当初的那个小家，只不过多了两个外来的姑娘。徐哲的女朋友是广州人，小巧可爱，除了白一点，别的都和余安安很像。我们始终都不明白，为什么徐哲不娶余安安，每次我和大猫私底下问徐哲，徐哲都说，他们是好朋友，太好的好朋友。

我们六个人又去老城一锅去吃羊蝎子，从七点一直吃到店铺关门，余安安喝了很多酒，再傻的人也看得出来她对徐哲有意思，不过徐哲的女朋友不动声色，没有任何反面情绪，反而谢谢余安安这么多年在徐哲身边照顾他。我和大猫暗地里佩服着她。

没过几日，徐哲也搬了出去，三室一厅的房间就剩下余安安一个人，还有一条狗。

有一天安安打电话让我和大猫过去，说乐乐趴在窝里一天都不怎么动弹，她边说边哭：

“我不知道乐乐怎么了，它不动弹了，你们快回来，快回来救救它吧。”

我放下电话买了当天去北京的飞机票，大猫也赶了过去。我们知道不是乐乐病了，是余安安支撑不住了。

一见到我们，余安安便扑了过来，一直哭一直哭一直哭，从下午四点哭到晚上八九点，她以前从来没有在我们面前哭过，你见到她的时候她总是带着大大的微笑，一笑起来脸颊两边有两个很好看的小酒窝。我和大猫都为余安安不值，何苦在一棵树上吊死，余安安哭完，擦吧擦吧眼泪让我们带她去吃羊蝎子。

“要不要把徐哲叫来。”

“不用。明天给乐乐打一针就好了。”

5

那姑娘用三个月把徐哲搞定，他们速速领了证结了婚，徐哲家拿出所有积蓄为他在北京周边买了个小两居的房子。余安安把乐乐送到大猫租的小房子，又消失了。

余安安外表大大咧咧其实很多戏只在自己心里上演，喜欢一个人永远都没有勇气跟他说，只能假扮朋友很多年，一直期待着喜欢的那个人能表白。而徐哲，他永远都在追逐身边以外的事物。

其实对于余安安这么倔强的姑娘来说，除了消失也没有其他办法。她辞去北京喜欢的工作，QQ空间半个月没有更新，等再更新的时候是她站在尼

瘦了，黑了，把短发剪成超短发，像个尼姑。

一跳，以为她因情出家了，可她满身大花花的衣服

净，而且眼神里放着光彩，期待的兴奋的光彩，对

爱的人的时候，才开始拥有完整的世界。

了印度，每天她都在空间里晒不同地方的日出与日

己治愈的方式，这些地方是她想去的，可能也是她

的，但她从来都没有跟我们提过什么要求，除了第

在印度待了三个月，学习瑜伽，吃素食，原本以为

回北京和我们团聚，一等再等，可她再也没有回来过，

于徐哲，徐哲那里却没了安放她的位置，她不得不

放自己的位置。

边打工边旅行，从印度去了越南，从越南去了新加坡，

尼去了墨西哥，从墨西哥去了阿根廷，还去了南极，

去了东欧几个国家。当我们过着朝九晚五的生活时，

她环游世界去了，每天看她朋友圈的状态，都羡慕得咬牙切齿，好想自己也

能被狠心地抛弃，而后一走了之，拥有周游世界的勇气。

我的新家里贴满了她从世界各地寄来的明信片，还有她寄来的婚纱照，乐乐看到穿婚纱的余安安时，冲着照片叫了好久，它还记得安安，即便化妆化成了另一个人，它还是认出了安安。

30 岁的她终于结婚了，丈夫是个澳大利亚人，他们在保加利亚深山徒步时认识的，冬天大雪封了山，他们和几个国际驴友在山里度过了整个冬天，春天来了，她直接跟他飞到了澳大利亚，领了证结了婚。现实生活总比小说里的故事精彩，谁都没想到当初那个瘦瘦小小，站在教室门口大喊喜欢人的名字的姑娘竟然会过得如此丰富。

可是我们一直都知道，她从来都不缺少将生活过得丰富的勇气，从第一次她搅拌好面推给徐哲，从她往前走了两步大声把徐哲叫出教室，从她每晚推着没了气的自行车回家，从她坐 38 个小时的火车去异地上学，从她一个人在冬天背着大包去西藏，从她鼓起勇气去遗忘一个爱了整个青春的人……

是的，我们的傻姑娘，从来都不缺少爱别人的勇气，更不缺少爱自己的勇气。

6

更戏剧的是，在她结婚一年后，徐哲离婚了，房子和孩子判给了他，娇小的广州前妻跟了一个富商。

他把在北京的房子卖了，回了老家，半年之后经过家里人介绍娶了我们的另一个高中同学，莉娜。莉娜也是二婚，但没有孩子。

我和大猫从上海和北京飞回大同，我们又回到了母校，学校里小杨树长

十九日
Desser Café & Bar
五道营胡同48号

成了老杨树，我们也从小男孩长成了老男孩，看着彼此都苍老长皱纹的脸庞，我们在校园里边走边笑，好像一切都回到了起点。

“我想打电话把余安安叫来，这个该死的家伙，好像每次我选择女人，没有她的祝福，都会很惨啊。”

“哈哈哈哈哈……”

他打电话给余安安，说想吃她拌的飘香拌面，说他这辈子好像没有余安安的祝福每段感情都不能终老。

余安安二话没说，还是像以前那样爽快，连夜从澳大利亚飞过来。

今天是徐哲二婚的日子，余安安托着腮看着徐哲把面吃完，20 多年过去了，小店老板连孙子都有了，踏进这家沙县小吃的时候，我们好像还是那个十五六岁的少年和少女，时光改变了一切，我们脸上的横肉，眼部的褶皱，可改变不了我们笑起来的样子，也改变不了记忆的东西。

“走吧，去接新娘子。”余安安拍着徐哲的肩膀说。我们四个站起身走出沙县小吃，坐上车去了莉娜家。

婚礼上，余安安做伴娘，莉娜接过戒指的那刻说：“高二那年暑假，余安安来找她，这傻姑娘说要帮我补习文化课，做我的铁姐妹，后来我才知道她喜欢小哲，不过这姑娘也挺笨的，我都主动退出了，给她这么多年的时间她都没追到，到最后小哲还是回到了我这里。余安安，你真是个笨得要死的人。”

安安哭了，这是她第一次在徐哲面前哭，哭得眼妆花了，哭得鼻涕邋遢，哭得吭吭哧哧说不全话，“徐……徐……哲，你要幸福，你会幸福……老天不让你幸福，我饶不了它。”

席下的亲友，看得莫名其妙，新郎徐哲向新娘旁边的伴娘伸出双手，将余安安拦进怀里，轻轻说了句什么话。

不知道为什么，莉娜、我和大猫，都哭了。

7

我和大猫无数次地分析过为什么徐哲没有和余安安在一起。如果徐哲和余安安在一起会不会是最好的结局。

谁知道呢。

很多事情不是我们分析就能解释得清楚的，不是我们凭着自己的设想就会发生的，感情的事，可能都是命中注定的吧。就像当年，我们会莫名其妙在那个小吃店遇见，交会点出现了，一起走了一段路，可最终还是会分开。很多好朋友都没有长长久久的缘分，都会四散在人海里，缘分结束了，再也寻不到彼此。

但我们感谢余安安，感谢有这么一个傻姑娘曾经在我们的生命中出现过。她是深深爱着徐哲的，徐哲知道，我知道，大猫知道，莉娜知道，徐安安自己更知道。她给徐哲写的第一封信也是唯一一封信上说，“我会是个好朋友”，有时候那个想做你最好的朋友的异性，或许是最爱你的，因为开不了口，说不出爱，或害怕爱过之后彻彻底底失去你，所以才忍着痛披上了“朋友”的皮，伪装在你身边，这样就可以陪你很多年很多年。

不知道你有没有在十五六岁时遇见过一个傻姑娘，或者你就是那个以朋友的身份守护在喜欢的人身边的傻姑娘，从十五六岁到三十五六岁，从穿小裙子到穿小西装，从留齐刘海儿到烫卷发，从皮肤细腻奔跑着流着汗到静静牵着孩子走在路上……时光会把人催老的啊，年轻时单纯的闪着光的感情会

成为我们老时、死去时，最怀念的东西。

包括那个，曾经在我们身边停留过的傻姑娘。

余安安的故事，我讲给了很多朋友听，有的人说她傻死了，有的说她很有勇气。

其实安安并不傻，每个能够投入全部勇气与力气去爱一个人的姑娘都不傻，她们心里是锃亮锃亮的，明知道没有任何结果，也会像飞蛾一样义无反顾地朝着光亮方向扑过去。她们不管那火是否会把她们烧死，她们就要这样彻彻底底地把一切都给爱着的人，什么都不想索求。

可能，对她们来说，最简单的奢侈只是站在远处或近处看着对方，默默陪伴着，虽然连个爱字都不敢说出口。即便回头被伤得体无完肤，心里也不会生出恨字。

不是让你做那个傻姑娘，傻姑娘没有什么好标榜的。讲余安安的故事给你听，只是希望，当你遇见爱的那个人的时候，能够放下心里的芥蒂，轻轻地把你的心捧给他，安安心心放到他那里，不怀疑，不怕伤害，即便结局不美好，你仍能大病一场之后活过来，仍是骄傲着的独立着的自信着的，并且昂着头有满满勇气向前走的好姑娘。

特别喜欢老狼《恋恋风尘》里的一句话，“在相信爱的年纪，没能唱给你的歌曲，让我一生，常常追忆。”

在相信爱的年纪，好好珍惜。

菜　　菜

——如果我很胖，还可以喜欢你吗？

1

入新公司第一天，就碰见了菜菜，我抱着箱子要进门，她拿着大饭盒要出门，本来大家侧侧身子就行，可一抬眼，我竟然不由自主地给她让了道。菜菜净体重 186 斤，在我没来之前是 196 斤。

她真的好胖好胖，除了从网上见过的巨肥症，菜菜是我在现实生活中见过的最胖的活人。以至于，我扭过头盯着她走路的姿势看了好久，她的腿因为太粗不得不撇着迈，一步移完再移另一步，像个会自我挪动的柱子。

等她转过弯去的时候，我往下咽了口唾沫。心想，或许新公司福利待遇真心不错。

可是没想到，网站要改版，最新一期的杂志要上，电子阅读的内容需更新，所有事情都赶在了一块儿，公司上上下下忙成一片。自我入职后，几乎每天都加班到晚上九十点钟，回到家已经十一二点，第二天还得早早起床挤地铁。整个人累得哪怕让我躺在马路上，我估计也能睡着。

新公司有五六百人，二十二层和二十三层都是我们的，由于工作太忙，互相认识的就那么几个，菜菜是我跨部门认识的第一个人。

其实不认识菜菜也不行，因为每天中午，菜菜都会抱着她的大饭盒从二十二层迈着沉重的步子跑到我们二十三层，喘着粗气穿过满是人头的格子间，来到我们部门后面的小会议室，然后招呼编辑部的姑娘们。

“到点啦，到点啦，快来一起吃饭啦。”

两分钟后，只有四个沙发的小会议室就成了姑娘们的会餐室，大家把各自做的饭往玻璃桌上一摊，用早晨赶做的一道凉拌菠菜，换好几样菜：青豆炒木耳，蒸野菜，炸茄合，剁椒鸡蛋，可乐鸡翅，老干妈炒饭，鱼香肉丝，高级点的还有粉蒸肉。甚至有时候运气好的话还能吃到自制蛋挞和自制冰激凌。

不过这得看刘振宇来不来，那是菜菜专门给他做的。

于是每天我都盼着见到菜菜，只有见到菜菜才能让焉了的精神兴奋起来，因为她的性格，因为她的体重，更因为她的恋情。

恋爱中的女孩子总是自带光环，走到哪里就亮瞎哪里的死鱼眼。比如我的。我需要新鲜蓬勃带着朝气和爱的东西，刺激刺激。

2

刘振宇是我们公司的程序猿，一周六天班，五天穿一模一样的带灌篮高手的白 T 恤，周六加班时换成带海贼王的黑 T 恤，整个夏天是同一双拖鞋。猜刘振宇是否穿了昨天的那件 T 恤，已经成为我们的小赌局，赌输的那个，负责最后收拾午饭后的桌面。

判断刘振宇换没换衣服很好办，只要派菜菜去技术部聊几句，几分钟后就有了答案，“换了，雕牌洗衣皂洗的”，“没换，有一点点体香味”。

第一次从菜菜肥肥的嘴唇里听到“体香”这两个词时，我差点没笑喷饭。还体香？明明是没洗衣服的汗臭味。

刘振宇被菜菜奉若神明，可是如果不是因为菜菜暗恋他，每天都路过他的工位，谁也不会注意到这个人，因为他总是不怎么吭声，像一尊佛像一样，对着一堆代码，除了吃饭尿尿晚上回家外，就没什么动静了。

不过，他是我司所有程序猿里长得最好看的那个（如果不拿出去比较的话，还凑合着看）。白白净净的，偏瘦，一米七左右的个头，典型的南方奶油小男生，当然他还称不上奶油，顶多是蛋羹级别的。留着板寸，T 恤下面就是千年不变的牛仔裤加特步运动鞋。

如果好好捯饬捯饬，勉勉强强叫得上奶油。

刚开始我不知道菜菜喜欢刘振宇，有次周六加班改稿子，中午的时候去附近商场找饭吃，菜菜当时也跟着去了，路上遇见程序猿大部队，菜菜立马转队连饭都不吃了，跟着猿猴们散步去了。

“菜菜在减肥吗？”

“才不是，没见着刘振宇在啊。”

“谁？”

“就是坐过道头的小哥。技术很牛 x，菜菜老崇拜他了。”

“是吗？”

“你以为菜菜没事干每天跑我们二十三层干吗，中午吃饭凑热闹啊？”

“哦，吃完饭回去瞧瞧长啥样。”

从那之后，我就发现这个菜菜确实很不对劲。

3

第一个发现是蛋挞和冰激凌原来是和刘振宇直接挂钩的，以前我还以为她心情好就有的吃呢。

原来只要瞅见刘振宇在的话，她不进门，马上掉头回二十二层，再回来时，小胖手里多了蛋挞和冰激凌，而且拐到我们部门之前，先假装不经意间路过，靠过道的三个位子都分一下，不偏不倚，像胖女散花一样，然后再把剩下的蛋挞和冰激凌分给我们吃。

其次，吃完饭，她会先去趟厕所抹上口红，然后找技术部唯一一个女性聊几句，菜菜边说话边用手捏自己的发尾，不知道是紧张激动，还是幸福来着，说话声音也不由自主地咋咋呼呼起来，而且说的都是好话，边说边瞄已经趴着睡午觉的刘振宇。

“欸，你这件衣服不错，哪里买的？”

“欸，这个加湿器不错，怪不得你皮肤那么好！”

“欸，你最近是不是做头发啦？没有？那怎么看着顺了好多！”

“昨天去吃的那家餐厅，看起来超级棒，叫什么名字？”……几乎每次，都是这么几个套路。

连头都不抬和菜菜聊天的人叫李姐，是个老程序猿，扎着一头千年不变的低马尾，三十多了脸上还冒痘痘，永远穿纯棉条纹居家服，像一年四季穿睡衣上班一样。以至于旁观的我们，都为她尴尬得要死。

还有，还有，只要中午碰不见刘振宇，她晚上还会过来一趟，问我们今天累不累，辛不辛苦，加不加班。如果碰上刘振宇加班，菜菜会直接把电脑搬来，说要陪我们一起加班。结果我们九点加完班走了，她还不走。到最后，

我们单给她留了个座位。

我们都知道，她借故吃饭、探视、陪加班，都是来等刘振宇。

4

夏天过去了，雷雨季节过去了，菜菜送刘振宇回家的日子也到头了。

9 月份，公司开始又一拨纳新，技术部招来了一个刚毕业的小姑娘，叫范心怡，和她的名字一样，人很娇小，声音甜美，五官清秀可人，皮肤水灵灵的，像矮版的刘亦菲。见到我们部门的人，老远就张姐、李姐甚至孙姐姐……

“范心怡？她简直让我犯恶心。”每次她甜甜地叫我们老大“周姐姐”时，老大走到工位就骂。

“可男生心怡啊。”我们打趣道。

周一在二十二层开员工大会介绍新员工时，介绍完范心怡，技术部的一帮男程序猿超级热烈地鼓掌，一秒双手合击超过五十下，惹得全公司一阵疯笑。就菜菜一个人铁青了脸，撇着嘴，没有笑。

那天菜菜没有按时来二十三层吃饭，等她来时恰好碰见刘振宇和范心怡有说有笑地吃完饭回来。

然后菜菜第二天就没有来了，第三天第四天，那一周她都没有来。

中午吃饭的时候，我们特意跑到二十二层找过她，总编辑旁边的座位空空的，别人说她早就出去了。

平时工作忙得很难喘口气，不来就不来吧，去商场吃饭的时候总能碰到吧，可去商场吃饭的时候，也没有碰到过她。倒是会像往常一样碰到程序猿大部队，只不过这次部队里没有了走在边上一直没话搭话的菜菜，多了走在队伍芯里的小巧玲珑的范心怡。

菜菜就像凭空消失了一样，再也没有出现在二十三层，开周会时她也不再让大家让一让让一让，挤到刘振宇身边了，现在刘振宇身边是小小瘦瘦的范心怡。

虽然知道菜菜在正常上班，可我们的菜菜不见了。

5

过完国庆节，我拖着还在假期的疲倦身子，不情愿地走进办公室，一进来就被旁坐的晓娟拉住。

“这次菜菜完了！”

我一下子清醒过来，抓住晓娟的肩膀：“菜菜自杀了？”

“你小点声。”

我的声音确实太大，齐刷刷抬起几百个人头，吓得我赶紧拉着晓娟进了小会议室。

“菜菜真自杀了啊？”

“没有。不过也快了吧。”

“怎么回事？”

“唉，刘振宇和那个姓范的好了。我听他们部门小郑说的，说他俩国庆节一起去了平遥古镇，在朋友圈里晒了合影，两个人同时发的，还说什么‘遇见你真好’，你说公司允许谈恋爱，你们也不能这么搞吧，也不考虑别人的感受，你说菜菜得有多伤心，菜菜都不上来找我们玩了，他们还这样子。”

“什么时候发的？”

“就刚刚啊。一上班就发了。”

“你们去看菜菜了吗？”

“唉，没敢去。我在微信里问了他们部门的人，说菜菜早早地就来了，一直趴在桌子上没有动弹，说胃不舒服。”

“唉……”

可能从一开始，刘振宇就不知道菜菜喜欢他，因为他想不到一个 180 多斤的胖子怎么会敢喜欢别人，怎么敢走近别人的世界。他把菜菜对他的好，当成了菜菜对所有人的好。只有旁观者，才看得见菜菜装得太假了。

其实姓范的小姑娘也没做什么特别有心计的事，只不过说话故意轻声细语的，笑的时候故意发出“咯咯咯”的爽朗声，每天打扮得粉嘟嘟，一副刚从天上下到凡间一样。

有次她写的代码显示到网页上，出现了一个大漏洞，公司排查事故原因的时候，部门主管还没说她什么，她自己先哭了。

“这是职场，做错了事情都得自己扛起来，哭能解决问题，全公司的人什么都别干了，跟着你哭好了。”李姐说得一点情面也不给她留。不知道她是为了菜菜，还是为了范心怡，从此之后，俩人没说过一句话。

但是，女人有时候也需要这种矫情，特别是在世界里只有游戏和代码的程序猿中间，李姐和范心怡打冷战后，单细胞动物们都不理李姐了。这是简单的技术部第一次闹内斗。

从此之后，我们无比怀念消失的菜菜。

与菜菜的消失相反，刘振宇和范心怡的恋情却在朋友圈里进展得火热，中午吃饭，晒个一起喝茶的照片，晚上下班一起回家，晒个手拉手的照片，周末一起去游乐场，晒一个一起嗨的照片，11 月 1 号，同时发两人去天津海边拥抱的照片……每天我们都为菜菜提心吊胆，中午小会议室的门后来也关上了，吃饭的时候，他们俩的朋友圈成了我们主要的话题。

后来，再发什么我们都习以为常了。

6

春节印厂提前停印，相关内容部门也提前放假，回到老家刷朋友圈的时候，发现刘振宇和范心怡一起晒了一张同时回老家的照片，我们都傻眼了，这么快就开始见父母了，看来菜菜是完全没戏了。

换我是菜菜，明年回来立马换工作。

可是新年回来，辞职的不是菜菜，而是范心怡。

听八卦小组说，是因为见父母环节不顺利，范心怡受不了刘振宇家里的负担，原来夏天只穿 T 恤衫的刘振宇有三个妹妹和一个正在上初中的小弟弟，家庭压力特别大，他黑天暗地做程序员挣的那点工资全补贴给了家里。所以很少见他穿什么新衣服，也很少见他换包，永远都是公司发的手提袋。

新年开班第一天，我们发现菜菜瘦了很多！虽然也很胖，但不再让人回头看了。

我们又看到菜菜用肥肥的小手扒拉开人群，站在刘振宇身边了，我们部门的几个姑娘站在最后面，看到那一幕的时候有几个忍不住，给菜菜鼓起了掌，唰唰唰，几百双眼睛回头看我们这个部门。

老大给我们使了个眼色，让我们安生点，但她看到菜菜又出现了，一向绷着脸的她也笑了。

我觉得，菜菜是这么多年来，我遇见的最正能量的姑娘，她在公司负责总编室里的一些工作，有时候会接待一些来访的名人，总编一点都不嫌弃她胖，也不嫌弃她不好看，每次来了什么明星，都会安排她去接待，而且每次她都特别受人待见，凡是被她接待过的名人，都能记住她的名字，也都会主动加她的微信号。

我们经常让菜菜给我们要一些明星的签名，她总是能不费力气地搞到手。

春天来了，公司组织去雾灵山春游，菜菜又甩开我们直接跑到技术部，和技术部一起爬到了山顶，然后挤开一堆男生，与刘振宇单独合了一张影。像范心怡没有存在过一样。

现在的菜菜正在减肥呢，报了个健身班，中午只吃蔬菜，然后跑一个小时，晚上也不吃饭。

中午她还会跑到二十三层，只是站着聊天，不再动筷子，但如果刘振宇在的话，她就马上跑回去，端上来一盒蛋挞和一个冰激凌。

现在她做的蛋挞比以前多了，我们都能吃得到，特别好吃，比楼下蛋糕店里卖的还好吃。

刘振宇才突然发现，“菜菜，好久没有吃到你的蛋挞了。”

我们都在旁边笑，谁也不说话。

有时候理科男生就是反应太慢，可能真要等经历从有到无之后，才会发现某个人一直在身边。幸好那个人是胖胖的，瘦下来也不会很漂亮的菜菜。

有一次加班到很晚，我们一起回家，菜菜对着天空说，“我这辈子就想嫁给程序猿。”

无名人

——他的爱情

吵架的别吵了，闹别扭的别闹了，顾忌着的放下自尊与倔强吧，当你们还有力气走路的时候，当你们还能有机会见面的时候，就去见吧。因为你无法预测到，未来的未来，见到对方是多么奢侈的事。

1

我每天都会遇见他。

他跟我一样，排很长的队从青年路 D 口进来，然后逆着人流走到最后一节车厢。

他的打扮很奇怪。一顶条纹西部牛仔帽，一架黑框没摘标签的眼镜，一只浅棕色手表，一只深棕色小皮包，一条蓝色牛仔裤；上身呢？上身是结了球的深蓝色大格子衫，有时候也会穿黄色格子衫。5 月份了，格子衫外面还有一件无袖羊毛衫。

这身有点欧式复古的装束，套在他身上就像是准备登场的话剧演员，如果是在没有时间、空间限制的舞台上，这身打扮倒挺合时宜。但像这样，地铁里全是急急忙忙的上班族，他的出现，让人回头，躲避，再回头。

我就是这样，回头多看了他好几眼，才发现每天都能在同一个时间、同一节车厢遇见他。

如果看的时间长了，他也就从舞台上下来了，那身不合体的衣服像是在他身上穿了一百年，就应该由他那样的人穿才适合。或许他在初见他的人眼里仍然是话剧演员，对我不是了。我已经不是个陌生人，不管他有没有注意到我。

常常是这样子，一个人再奇异的装束或行为，只要你看的时间长了，都不会觉得怪异和新奇。

我没有座位，一只手抓着车环，一只手抓着身前的包。自从上次丢了手机后，我养成了这种坐地铁的姿势，时时刻刻都感觉背后有一只手，想拉开我布包的拉链，偷偷地，轻轻地，伸手。如果这动作是给情人的，可能是世界最温柔的举动了，但他伸过手来不是为了取悦，而是取财。

真恨死了那些扒手，不是因为他们偷了我的手机，而是他们无意间让我形成这种丑陋的对人提防的动作和心理。让我一进入人群密集的场所，心里马上起了戒备，我讨厌这种戒备和提防。一种轻松快乐的状态是不应该设防的。

每天早晨匆匆忙忙赶到地铁，还没睡醒却已经化好了妆，穿好干净的衣服，赶着一分一秒，拜托菩萨别让我迟到。我本不该求这些没有意义的事情的，如果菩萨真的灵验，你说我是不是得求点什么更重大的事情才不浪费菩萨的时间？

心里乱七八糟地想着各种事，心绪都是乱的。

我不敢看玻璃窗上反射的那张脸，我怕它憔悴得让我想逃走，只好又低头看他。每次我都会挤过人群走到他身前，如果实在没有空隙，我也会卑鄙地挤出一个缝隙。

2

今天身后有一对情侣，从我站在车门前等车起，他们就一直在吵架，女的昂着头，抖着腿，男生被气得也浑身抖，像女生一样嘴里毫不饶她，说着尖酸刻薄的话。

“逼急了，我就自己去。”

“你去呗，你去呗，你自己去呗。东西丢了更好，你就别回来了。”

“你以为你在会好点啊。”

“不是我看不起你，就你一个人儿，不是把东西丢了就是把自己丢了。叫虾鱼吃了都不知道。”

“那也比跟你强。”

……

即便上了车，他们还在争、还在吵。

他绕过我的身子，歪了歪头看了一眼吵架的情侣，双手横亘在胸前，双眼一闭，不知道是在冥思还是在想别的事情。

以前看书说这种双手交叉盘在胸前的人，为人不免自以为是、霸道、强硬，但我在他的脸上已经看不出这些性情。

十里铺站到了，他缓缓抬起头，看看左边门口，又看看右边门口，左边门上了一家三口，爷爷奶奶带一四五岁的孩子。那小孩子也吸引他看了一眼。

整个氛围特别奇妙。

一只手在柔软地晃动，像在跳舞，顺着手往上看，我旁边的大妈在挥手练操，他也看见了，又和刚才一样，也只是看看，低下头，闭目养神。一直觉得身边出现的每一个人都不是随随便便出现的，肯定和自己有某种肉眼看不到的联系。哪怕是这样一个路人，肯定有我们已经忘记的记忆，只不过现在大家都想不起来了。

3

这次他明显累多了。前几次遇见他还精神抖擞得让我诧异。和我一样，他也在金台路下车，而往往我还没动身，他就已经从门口一群沙丁鱼里挤了出去，等我好不容易挤了出来，他就不见了。

后来我跟紧了他，发现他从金台路下车之后并没有出站，也换 14 号线，只不过我往城北，他向城南。

城南是哪里？城南是永定门啊，北京南站那个方向，可以离开北京去其他地方的方向。

七八十年前，永定门那片的城南还都是荒草地，都是乡下，都是骑骆驼才能到的地儿。郁达夫《春风沉醉的晚上》里面就有写他的同学住在永定门的乡下，在北师大念高学堂，他同学喜欢的地主家的女儿被逼婚，而他也娶了妻子，心里着急上火着了魔怔，本来从穷苦人家出来的高才生成了疯子，感觉有人要陷害他，惨烈烈地死了。

也就六七十年的光景吧，北平换成了北京，中国也换了个中国，如今他坐地铁，不到 20 分钟便到了最南端。永定门外还是高楼大厦，如果当时留给了儿孙也能拆迁的房子，心理建设再不济，也有其他工作可做。

金台路站到了，他好像真的是太累了，没有像以前一样带着我穿过沙丁鱼，然后一个人匆匆忙忙消失在人群里。这次他缓缓站起来，跟在我后面，由我给他冲破门口的沙丁鱼。我第一次打头阵，胳膊肘抵开门口许多软绵绵的肉体，尽量把脚步迈得小一点，把他走的路留得宽一点。

离上班还有 20 分钟，慌慌张张下了楼梯，想找个人少的门，心里想，如果这个时候我坐在办公室里该多好，洗洗茶杯，看看新闻，还可以安安静静安排今天要完成的工作。以后坚决不迟到了。

正当我焦急等车的时候，他从楼梯上下来了，人群中，他的脚步明显慢很多。怎么回事？这次不赶时间了吗？平时都比我走得还要快，今天怎么没有那种让人心惊胆战的冲劲儿了？

趁车还没来之前，我时不时地扭过头看他。他那边的车先来了，但他没有上车，等所有人小心翼翼侧着身子避开他，他礼貌地往后退了退，开始搓起手，四处张望。他怎么了？为什么车来了还不上车？

4

开往善各庄的车也进了站，我低头看了看时间，还有 16 分钟，车厢满了，两脚迈上去，还好，还可以贴着车门。我伸出一只手扶住白色铁扶手，收紧身体，让车门关闭的时候，不要擦到我。

等完成这些动作后，我抬起头，他恰好站在我的正前方，搓着手，东望西望。我的心不知道为什么被狠狠揪了一下。

又一群新鲜的人从他身边穿过，老远就绕开了他，他觉得自己不该出现在这里，也躲躲闪闪想绕开别人，生怕碍了别人很重要的事。他低头搓手，皱着眉头，仿佛他不属于这个世界才好，也仿佛这个世界只剩下他自己才好，谁也不妨碍谁，谁也不尴尬了。他不属于这个时间段。他应该待在他应该待的地方，这不是他该出现的地方，不是。

我心里紧着，一天天遇见，一天天观察，却第一次觉得他那么可怜。

我就这么望着他，猜想着他现在的家人，他心里曾经或正在爱着的人。正在我怔怔地盯着他的背影看的时候，他猛地回过了头，我被他突然的转身吓了一跳，而正在这个时候，车门响了。

“滴滴，滴滴——”比平时更刺耳更让人心慌。

我手心里生出了的汗，把那块铁黏湿了，怕别人嫌弃，又马上放开手，随即身后一只手握住我遗弃的位置。这就是北京，就连一个门旁扶手的位置，都有人帮你填上。又不知道为什么，在车门关闭的最后一刻，我的两只脚迈出了车厢。

滴滴的声音彻底消失了，我扭头回看，车子开走了，心里一下子轻松了很多。可当我回过头时，发现他站在我正对面的不远处，他好像说了什么，是不是问我为什么总是跟着他，是不是想问我为什么刚才盯着他看？为什么又下了车？

我们中间有很多人匆匆忙忙走过，男士衣着光鲜，女士打扮得体，我抬起右手碰了下嘴唇，想告诉他我们曾多次遇见时，他又扭回了头，不再看我了。

我突然发现，他刚才死死盯着的不是我，也不是谁，而是我身后已经开走的那趟车，他在看挤在车厢里的我们！这群赶着上班赶着月底存粮赶着升职加薪赶着一日八小时工作的沙丁鱼们，当然，有的沙丁鱼也热爱工作，工作可以换来住房，换来周末购物聚会，也可能换来老时无虑的闲暇。

他只是刚好站在了我的对面，对于这个每天都会遇见，每天都会跟踪他的小姑娘却一点儿没注意到。

这次我不走了。而是倚在了离他很近的柱子上，看他掏出眼镜盒，摘下眼镜，我看得见布料的颜色与质地，却辨不清他脸上的表情。可能，他已经不能用轻微的面部抽动表达喜悦和痛苦了。一种悲哀像塞子一样堵住了我心的出口，那里盛放的澎湃的感情永远都开不了口。我还是可怜他。

又来了好几趟车，他还没有上，在偷偷看他的间隙，我掏出包里的书和酸奶，咬了个小口，酸奶的香气和书的香气，瞬间注入我的身体里，让我有精力陪他耗下去。

我真是傻到家了，不好好上班，倚在地铁里的柱子旁，喝酸奶，看书，偷窥别人。

低头看，离上班的时间，还有 15 分钟。谁在乎？

5

我已经不关心时间，时间如果不是自己的，它就是个屁，你放到哪里都没有意义。

我就这么放肆地停留在他身边，就像我 13 岁时曾经很放肆地追求过我喜欢的男老师一样。

不过后来可笑的是，他把我上课时写的很多很多封信，在开家长会那天通通交给了我的父亲。父亲觉得羞辱，让我在那个向山的小院子里站了一夜，好好反思：“你做错了什么，为什么要给你的老师写信，为什么不把精力放在正事上！”

幸亏是夏天，如果是冬天父亲也狠得下去心，为教训我让我长记性他可什么都干得出来。第二天父亲问我知道错了吗，我说知道了。他问以后还这样吗。我说再也不了，我向来说到做到，后来就真的再也不了。

如今那老师娶了开小卖部的胖女人，我也忘了他的名字。但我知道他肯定记得我的名字，因为我是他所有学生里最值得让他拿出来炫耀的人。

我很久很久都没有放肆过，不敢去爱别人，于是找一个把自己宠上天的人，找一份自己能胜任的工作，不敢反抗老板的意志，每天都做着明知道会反复修改的策划案，不敢对生活动一点改变，所以我在一座房子里一住就住了好几年，在一个城市里一待就待了好几年，甚至想永远待下去。

想想都觉得好可怕啊，一个活着的人怎么可以这样，像死了一样地在活呢？停在一个地方，停在一种生活里，停在一种状态中。就像，就像是我以为我病入膏肓了，让自己躺在洁白的大床上，其实一点病都没有，床边放着我最想吃的西红柿和没有成熟的青荔枝，我却没有伸出手去获得，我在死前最想最想的东西啊。我以为我没有力气了，于是不再做任何尝试。

大部分的人都是如此，渴望的东西近在手边，却以为自己死了，连力气都不想有，因为我们怕那新鲜的味道让我们活起来，起身付出努力。毕竟，对于活，死是一件毫不费力气的事。

6

枣味的酸奶，两块钱一袋，喝完刚刚果腹。

我从柱子旁立起身，走到前面的垃圾桶。返回时，他已不在原地，又朝车尾走去，人们还是躲着他，他逆着人流，摩挲着双手，脚步慢得都能让他发现我。

又一趟车快来了，他像在玩转转球一样马上转身，趴在可以看到车从隧道里开过来的玻璃窗上，脸像吸胶一样几乎死死贴在了整个玻璃上。隧道很黑很暗，只有车开过来的时候，才能看得见白得发亮的钢质轨道，他像第一次来北京坐地铁的小孩子，因为新奇和没见过，恨不得把脸穿过玻璃窗，走到隧道里面去。

车走了，他将脸从玻璃窗上移开，冲着那屏障，用手梳了一下一丝不乱的头发。那是老上海旧派的发型。曾经我在上海的时候，一碰上雨后天晴的黄昏，楼下拉小提琴的人就梳这个发型。

他总在同样的天气下，拉同一支曲子，好几次下课经过他，我都站在很远的地方听，一遍，两遍，三遍，直到一个烫发的老胖妇女探出窗户大喊：你喜欢吃的清蒸鲢鱼好了啦。

然后我就看见他收起琴，放到琴盒里，抱着琴盒上了楼。雨都不下了，他不用再抱着的。

离开上海很久很久后，每当我碰见有人抱着东西，都会想起那个场景，如果他的清蒸鲢鱼晚点点出锅，我就会等他曲子结束，上前问一问曲子的名字。以及那个天天给他做清蒸鲢鱼的人，是不是他雨后黄昏拉小提琴，想把曲子送给的那个人。

想到这里，我突然觉得这一切都是上帝安排好的，小时候我一出门，准在不远处就会碰见从山里采笋的傻张春。后来我上了学总在去厕所的路上碰见那个男老师停在操场上。去了上海，像那样，总在回宿舍的时候听见他的曲子。

如今，我又发现了，我和眼前这个只为了实现一点点自由意志，每天穿过人流从车头走到车尾坐最后一节车厢的老人，像被上好的弦，一秒也不差，就遇见了。

7

正当我胡思乱想的时候，他的电话响了。和他一样，是手机里最老款的手机。

他显得很高兴，又开始慢慢移动身体，原来，人老了之后，每走一步竟然这样艰辛，如果一着急，心脏不好的话，可能下一步都走不到。

我马上把书塞进书包，跟了上去。

“你在哪里呀？我今天还能过去吗？”

“噢。”

“噢。”

“我没事的。我就想过去看看你。你看你都出来了，我也都出来了，走了那么多的路，反正也是走了。你说你在哪里，我这就去找你啊，你别动了，你坐下，不要动了，我这就过去啊。”

“好好好，你等我，你不要动哈。也不要急，不要急哈，我这就去找你，不要动。”

他边打电话，边晃晃悠悠走。他确实是去见某一个人，和我之前猜想的没有错。他确实要去见某一个人，一个对他来说，满脸都布满了老年斑，走路颤颤巍巍，甚至需要扶着扶手下楼的年纪，他还甘愿冒着北京地铁的早高峰，去见那个人。

“我这就去找你。”

当我跟在他后面，听见他急急切切地重复这句话，脚步却颤颤巍巍走不了很快，我的心都要碎了。

早晚有一天，我们会到了这么一个年纪，连说一句“我这就去找你”都难以兑现。

现在年轻的时候，做任何事，给任何承诺，是多么容易啊！说一句“我这就去找你”立马就能赶到你身边，还可以跳，还可以欢呼，还可以彼此拥抱。

可是我们老了怎么办，像他这么老了，走路都走不动了，一句“我这就去找你”，让年轻的人听着，都替他们心碎。

车来了，他上了车，有人立马给他让了坐。

永定门到了，他就从永定门下车，从A口出去，地铁人员过来扶着他上了楼梯。然后他在地铁口倚着墙休息了几秒钟，又继续走，走了几分钟，他见到了他要见的人。

是一个老太太，坐在石凳子上的老太太，比他稍微年轻一点点，但也已经老了的老太太。

她和他一样，一身奇怪的打扮，穿着褶子裙，藏青色的，深棕色皮质的软底鞋子，稍微带点跟，上面是个有盘扣的鹅黄褂，穿在她身上很美。也能看得出，她年轻的时候肯定很美。

他坐了下来，一只手拍着她的背，另一只手握着她的手。

听不清他们在说什么，也不用听了。

我看了一下时间，早晨的会已经开到一半，我也该回去了。

明天早晨早起半个小时，以后不再匆匆忙忙赶时间。但也要赶一些时间，做现在比较容易做的事。比如，去见某一个人。

洛可可

——在巴黎我们曾相爱

1

每天下午六点三十分，一个束马尾辫的女孩子会穿着裂了口的阿迪达斯鞋，大步跑过穆达街的石子路。

然后她会在一家咖啡馆门前停下，轻轻拍两下胸脯压压气，用力拉开单扇页的铁门，咣当一声，门打开了，里面已坐满了高谈阔论的客人，嘟嘟囔囔的讨论声传进耳朵里，她只听懂几个单词。

穿过大厅时，她摘掉厚厚的眼镜，卸下深绿色双肩包的带子，把眼镜放在包的侧耳朵里，下了台阶走进员工备用间。

她跟其他年轻的员工问好，顺手把书包扔进标有“Coco”的小木柜里。木柜是中国式的。插锁，把钥匙戴在手腕上，大步走到洗手台前。

姑娘用牙咬着头绳，将散落的刘海儿通通收回发里，露出略微凸起的光洁额头和厚黑的粗眉毛。

已经半个月没修过眉了，一是没有修眉刀，二是即便有了修眉刀她自己也不会修，毛发呼呼地长回了自然的模样。腋下与腿上的体毛因没有闲钱买脱毛膏，也放开了胆子长起来。

拢完。她将脸凑近镜子，双手拽着嘴巴打了个对号，大步走向吧台，捏起刚出的点菜单，仔细念了菜单上的字母，端起放了西蓝花、黑咖啡、切片白面包的托盘，张望着找 16 号桌，哦，原来靠窗户最后一个位置！

“Bonjour！”

望着窗外陷入沉思的客人连忙扭过头，接过她额外递来的奶及小方糖，礼貌微笑着点头回应：“Merci！”

就是这句Merci！就这句Merci！让这个已经27岁的女孩子一下子灿烂起来。

想想，日子过得也不是那么惨嘛！至少自己是在巴黎啊！虽然住在地下室里，虽然不能像以前那样大吃海喝，虽然不能随心所欲买买买，虽然每日还需在吃面包的时候喝凉水，但至少自己在巴黎啊！

想到这儿，她弯腰，点头，转身，大步走。

再转身，点头，弯腰，大步走。

像极了小时候练习简单枯燥的舞步，不过她热爱现在的这种舞蹈，即便身份是端盘子的服务生，舞蹈也是在狭窄的桌子间进行，有时还须绕开为某个问题争得面红耳赤排队点餐的穷学生。可是她心里开心呀！这可是巴黎！

她会数在下班前收到多少个 Merci。小的时候奶奶说，别人对你说一句谢谢，你就能收到一份好运气，获得的谢谢越多，运气就会越好。

“运气这个东西呀，平时感觉不出来，只有关键时刻，才知道自己有多幸运。所以多多行善事，多多去帮助身边的人，时时刻刻积攒幸运。”

后来当她下定决心自杀时，快递员砰砰砰地敲门让她拿快递，当时她真想把手里那把安眠药塞进他嘴里，一手握着安眠药，一手拆开包裹，发现是索邦大学的录取通知书。那一刻她才明白奶奶讲的古老原理：幸运需要时时刻刻积攒，平时保平安，关键时刻更会给人生带来转机。

现在她端着盘子，跳着自己的舞蹈，很想问已在天国的奶奶，那里有没有人对她说 Merci。在挤满穷学生、哲学家、画家、衣着得体的教授等各个阶层的咖啡馆里，她脑子里也展开了遥远的对话。

“我们这边不仅有 Merci，还有 Danke，还有 Gracias，还有 Спасибо。”

“您能听得懂？”

“死后升天，灵魂没有语言障碍。”

“现在您会多少种？”

“Kia Waimarie .”

“这是？”

“毛利语。”

“哇靠！”

“什么意思？”

“祝你好运。”

我要说的这个有点轻微人格分裂症的姑娘就是洛可可。

2

洛可可每时每刻都对生活充满了美好的幻想，虽然老天爷每分每秒都做好了砸碎她幻想的准备。

比如初中时，她想嫁给全校最帅的混混张军合，军合是那种颜值走在人群中能令所有姑娘都侧目的少年，头发跟表情一丝不乱，衣服也整洁到让人想趴上去闻一闻，动作也是特意模仿了好几部电视剧男主角学来的，装酷，但装得毫不做作与夸张。

洛可可最大的愿望就是随军爷打遍各校，各处查岗，毕业后一起打工逛荡天涯。可就在她苦苦追了三年，送过两块钱的塑料手表，送过海贼王绝版T恤衫，送过手织毛衣和十字绣抱枕，最后终于凭一辆变速山地车获得军爷爱情的时候，没过几天军爷便被他爸送到了河南少林寺学了武。

就这样，军爷和两年零花钱一夜之间全不见了。

她不罢休，偷了家里五百块钱跑去少林寺蹲点等张军合，被遣送回来不说，一到家，被老爹揍完，就收到了军爷的诀别信。

信上用歪歪扭扭的蓝色圆珠笔写道：

“自始至终都没爱过你，将来也不会爱你洛可可，你不要再来了，车子在我家后院，车钥匙在我二姐手里，那车子二姐不骑了。”

整个暑假她都没出过门，升入高中之后也不再穿花里胡哨的短裙子，头上那顶狮子毛也捋顺了，染回了纯黑色，耳钉鼻钉卸了下来，手臂的贴纸文身也不再重复弄上去。

这种素静，也是追求张军合之前的洛可可。

其实我们多多少少都经历过这个时期，因为喜欢一个人，也想让自己变得和他（她）一样，是天使也好，魔鬼也罢，都会同行。只不过程度不同而已。

七八年没敢谈恋爱，直到读研究生时，遇见了待她很好的陈教授，俩人相处了大半年才知道对方有家庭、有孩子，甚至还有其他隐形女友，她只不过是其中的N分之一。

陈教授被举报，校监委的那个总是绷着脸穿黑裤子的女老师把她叫到办公室，那个办公室以前她和陈教授经常待到深夜，两人头抵着头翻找资料。而此时，她缩着头，坐在女监委对面，说，教授他人很好，我不是受害者。

走出办公室后，她就再也没有踏入过那个教室。

工作后呢，又耗费两年走出阴影，刚刚谈了一个男朋友，没几个月，那男孩说他要和之前闹掰的前女友结婚了……

“76、77、78、79、80！耶！竟然收到了80个Merci！”送走最后一个客人，拖完地板，又洗净最后一个马克杯，洛可可散落着刘海儿推开那扇单页铁门。

星星全部出来了，月亮也在旁边，它借着太阳的光洒在仍旧人声喧嚣的街道。穿过意大利广场，走了些许路程，转到租住的小巷子里，那盏灯亮着，房东太太还没有休息。她总是会看《圣经》到晚上十一点半，第二日清晨七点起床，煮一壶香喷喷的浓咖啡，坐在客厅靠窗户的沙发上，依旧读《圣经》。

在巴黎生活的细微之处，能悄悄安慰与治愈一个人，巷子尽头的灯光，早晨的咖啡香，休息日地下室下午五点半射进来的微黄夕阳，听不太明白的法语语调，陌生人习惯性的迎面微笑，还有那本总是放在高台的红皮《圣经》。

这些都让可可变得安心与踏实。

3

“Coco，你应该多交朋友。”

法国人很少给别人提建议，这位从来只穿裙子的优雅女房东有一天早晨递给她咖啡时，突然说道。

可可惊喜，她很崇拜这位优雅女士，也小心翼翼保持着房客的客气，除了问好问天气，未曾有过多交流。有时候也想说，想开口却怕法语蹩脚，索性不说。

接过咖啡，她第一次坐下来想和她聊聊天，这里住了五个房客，都是附近学校的留学生，只有她一个中国人，沉默，孤僻，也礼貌。其实洛可可心里是快乐的，她几乎每天都很快乐，身体健康，衣食获取虽然辛苦但也能饱肚，年纪不轻且没有储蓄，但每日有新知识灌入脑中，精神也算恰巧填补物质的缺失。

但她不敢把自己的快乐过多溢出来，只是自己在自己身体里叽叽喳喳为巴黎的新生欢叫不停。

她还不敢，不敢去接触与尝试新的关系。

女房东微笑着看着洛可可。

“我想，我会的。”可可接过杯子，冲她笑。

洛可可爱这位可爱优雅的老太太，爱她鲜艳的口红，眼角堆叠的皱纹，衣领的七彩贝壳，手腕上的埃及手串，也爱她给住处带来的整洁。

心里那份突突的快乐让她好想跟这位年长却仍美丽的女士说好多好多的话，看着她妆容精致的慈祥脸庞，那一大串走到嘴边的话又退了回去，如果转化成法语，可得聊上半天呢。

还是算了，算了。

其实她已经有朋友了，除了留学生联盟里的国人，还有一个和她一样在咖啡馆端盘子的穷学生。

想了一会儿，待咖啡快喝完时，她开心地抿了一小口，然后说：

“周末我带个朋友来，叫山本君，我做中国菜给你们吃。可以借用您的厨房吗？”

“当然可以了我的中国女孩，很期待你的中国菜。”

那天她把咖啡喝得精光，洗完杯子后放到橱柜里，又帮忙擦了下桌台，然后第一次迟了到，不过她不在乎。

4

在她找到这份兼职没几天，山本就来了。

她负责前台端盘子，他在后厨刷洗盘子和马克杯。前厅服务结束后，她也会跑到后厨帮他们洗干净剩余的盘子与杯子。

最初她一个人回住处，后来不知怎么的山本每晚都送她穿过意大利广场，看她拐进巷子才离开。不过两人除了打工时间，没有任何交集，她只知道山本念的是政治系，本科生，不像她只能读两年。

那顿饭她做了麻婆豆腐，青椒水煮鱼，可乐鸡翅，蒜蓉茄子，香卤鸡脚，醋溜白菜，菜都是家常菜，可可却做得出奇地香，还买了小袋装面粉第一次做了馒头。

馒头出锅后，六七个人凑近锅边闻馒头的香气，这和面包的香味完全不同啊！

“天哪，好天然的香，很甜的香，让人软绵绵的香，Coco，这种香味和你一样让人很舒服。”山本闭着眼睛总结道。大家哈哈大笑，可可提着锅盖，愣住了。

大家拿勺子、手掰着馒头，吃光了所有菜。可可磕磕绊绊说了很多话，还教大家说“谢谢”，“对不起”和“没关系”。山本也教了她这三句话的日语。“ありがとうございます”“すみません ”“どういたしまして ”。

她才看清，山本笑的时候有小虎牙。

“Coco，没想到你深藏不露。”饭后，女房东拍着刷洗盘子的可可说。

“每个中国女孩都会做的。”

可可扭过头冲她笑，顺便闻了闻她的香味。她喜欢闻法国女人身上特有的香味，虽然国人只使用那么几个法国牌子的香水，但法国女人每个人身上的味道都不一样。

嗯，是佛手和柑橘的味道，它们长在希腊日光充足的海岸。

5

人因美食而聚。这次中国菜“盛宴”之后，女房东出钱每月开一次中国菜 Party，吃客有时候是住在房间里的其他留学生，有时候是更多人，女房东的老朋友们陆陆续续来了，有英国退休的上将，德国残疾的军官，有胸前别花儿的法国老头，也有她的闺蜜，各个都是顶优雅可爱的法国老太太。

这个时候可可才感叹女房东以及她闺蜜们的魅力。这些依然优雅迷人的法国老太太年轻的时候肯定不可一世。

山本也会进厨房帮忙，忙着忙着餐桌上偶尔就会出现几道日式菜，香煎秋刀鱼、酱汁鳗鱼、烤鳗鱼串以及酱汤乌冬面。

鱼的内脏都是山本君处理，蔬菜由可可切。

“你们真像夫妻。”饭还没做好，女房东倚着厨房的门，抽着烟，对着在里面低头做饭的俩人说。

山本和可可同时转过身，两人手里都脏兮兮的，三个人六目相对什么都没说，就哈哈大笑起来。

爱情就那么自然而然地来了，除了吃，山本和可可的交集在那天下午又往外延伸了好几层。

休息日时，他们一起逛了巴黎的各大建筑，没完没了地在塞纳河边散步，用彼此笨拙的法语交流哲学、宗教、艺术，还有过往。

这是可可第一次听别人谈过往，也第一次谈她悲惨的爱情过往，以前她没想起问或来不及问，人就走了。

“是不是觉得我很惨啊？”洛可可歪着头问山本。

“不不不。Coco，惨这个词，永远都不要用在你曾爱过的人身上。永远不要。不要因为爱走了，憎恨他人，贬低自己。”

“可是别人都会觉得我很惨、很可怜。有时候我也觉得自己不值得人爱。”

“Coco，你不知道我见你第一眼时心里有多喜欢。你可能不知道，那天，我透过咖啡馆的玻璃窗看到正在端盘子的你，你走路的姿势美极了，每个动作都那么优雅和缓，像一种舞蹈。从那一刻起，我想我要守着这个女孩子。Coco，你不知道你有多高贵，我想我母亲也会喜欢你。”

山本的父母在德国，他在日本出生，6 岁的时候随母亲来到德国，母亲是特别传统的日本妇女，山本说“因为你是中国人，你们很像”。

可可只是笑。这次她不再期待任何未来，只想享受当下的每一分每一秒，早晨等待山本君带一束玫瑰还是百合来敲门，傍晚六点半再见到山本君，晚上两人在空无一人的大街上拥抱很久才分开。

这是可可从出生以来，第一次获得的爱情，也是第一次别人给她的最真实的爱情。她发现自己曾经那些“疯狂”的爱，并不是爱，或者说是一种偏执的爱。这种内心里能沁出蜜，丝毫不觉苦的爱，才是全然的爱。

她不再求结果，也不问未来。彼此都知道剩余的时间紧迫，能多拥抱的时候，就紧紧抱着，能亲吻的时候，就不会闭眼。

6

我想把故事写得圆满一点、幸福一点，可现实总是不圆满。不过不圆满也不意味着不幸福。

第二年的暑假结束，可可的签证到期，没有找到合适工作，先于山本离开了巴黎，回到了北京。

她现在就坐在我前面，我一抬眼就能看到她。对了，我还没形容过她的长相。她长得不是很漂亮，不是瓜子脸，也不是鹅蛋脸，而是圆且扁的脸庞。但你不会说她丑。不会，她一点都不丑，反而是美的。

即便没有很漂亮的脸庞，她依然很美，眉毛总是剃得干干净净，脸上敷着淡淡的妆，额头光洁，虽然三十三岁了，但她仍会在耳侧编精致的发辫，身上也有好闻的香味。我很喜欢和她待在一起，因为她性子是公司里最好的，总是笑眯眯、温温和和的。

她的女儿像她的丈夫，有很大的蓝眼睛，高高凸起的鼻梁，还有软黄的秀发。

公司很多人都说她好命好运气，市场部留学镀金归国的人那么多，总监偏偏选中了她去香港，年纪又不小了，而且从其他城市选拔一起去的多是年轻漂亮的小姑娘，可就她一人在香港半年间钓了金龟婿来，还是蓝眼睛深眼窝的英国人。

每个周六加班的中午，她都会带我去旁边的西餐厅，我点印度咖喱套餐，她点一份英式下午茶套餐，吃饭前，她总把纸巾先折好放在一边，给服务员另要一份纸巾擦餐具。

“你好讲究哦。”我将薄薄的白色烤饼掰开，沾进那坨黄色的咖喱。

“跟日本人学的。”

“嗯？日本人，日本人确实很讲究。”

“不是，是我的山本君。”

于是她才给我讲起她的故事来，也就你现在刚刚读完的这个故事。

回公司的路上，要绕过融科中心，穿过一条长长的马路，红灯亮了，她停住脚，转过身笑着说，“其实，爱情中重要的不是结局，而是你和谁一起过，他会教你很多事，可能是那些在自己的圈子内永远都学不来的事。不管是性格，还是待人的周到，都是一场爱给你的教育。时刻记得，要和一个被很多人爱过的人在一起，这样你也会被他的周到与体贴慢慢褪去粗鲁，慢慢卸下粗糙，换上柔软宽容的心与精致优雅的外壳。”

“我和山本分开时，他说，让我记得那三句日语，谢谢，对不起，没关系。他说很感谢遇见，也抱歉不能在一起，如果未来我不回去也没有关系。”

绿灯了，可可指了指绿灯，走在了我前面，她虽然性格温婉，但做起事却独立得很。

不少的时候，你会觉得整个世界都遗弃与背叛了你。你可能会大哭一场，但你仍会擦干眼泪说没关系。可可粉红色的一步裙配白色衬衫，显得她身材超级好，从后面看以为她只是十几岁的小女孩。

我慢慢走在她后面，心里生出很多感激。

江橙橙

——年轻时才能去暗恋

1

“如果你再往前走一步，我们就完了！”

缓慢流动的放学潮，被撕心裂肺的叫声喊停。

那是江橙橙，推着破破烂烂的自行车，鞋子、裤脚、膝盖、胳膊肘、下巴，全沾满了泥，长长的头发被风吹得像个稻草蓬。

她骑得太快了，昨天晚上刚下过雨，道路低矮的边上还有积水，为了追上张志和问个清楚，她抄了条小道。

路上坑坑洼洼，骑过的地方被压出一道弯弯曲曲的车印子。在从食堂上大道的地方，转弯过急，前车轮碰到马路牙子，咣当，溅起一片泥花。

车筐歪了，车链子掉了，泥水浸湿了她黄色毛外套，一迈脚，左膝盖疼。

她只低头看了一眼膝盖上的水和泥巴，一咬牙，推起自行车大跑。

来不及管那么多了，她今天必须要个答案。

“昨天——我去——你班里找你，陈瑞说你——说你抱着郑晴去医院了，你还说你们没有关系！”她跺脚，尖叫，狠命摇晃车把手。

本来就斜斜晃晃的车筐，被摇掉了唯一的一颗螺钉，车筐彻底歪倒了，看热闹的人群中爆发出一阵私笑。那车筐，也觉得尴尬。

大家都等着看这个像笑话一样的姑娘的更大笑话呢。就连门卫室里的胖大爷，都没有像往常一样大骂制造交通堵塞的学生。他一只手背在身后，一只手捏着牙签，半咧着难看的厚嘴唇，使劲剔塞在牙缝里的韭菜。

有个穿米色棉服的清秀男孩子转过身，拨开一辆辆自行车，停在江橙橙的面前。他倒是反常地镇定，呼吸平静，未见任何情绪波动。

“连解释都懒得给吗？”狼狈不堪的江橙橙被他的态度激怒。

男孩依旧什么都没有说，只是轻轻伸出手，用袖子口擦了擦她脸上的泪水、泥巴还有鼻涕。

干干净净的米白色棉服瞬间被染脏，他没在意，又摘下自己的口罩硬生生地戴在江橙橙的脸上。

她耳朵太小了，口罩太大，他皱起眉心小心翼翼往后扯了扯口罩的绳口，又用手指理顺了她飞起来的长头发。

那小心翼翼的动作，就像第一次学刺绣的女人，尝试着把极细的针穿进珍贵的布锦里。

嗯，再仔细看他摘掉口罩的右边脸上，有几颗还没有长熟的大痘痘。这几颗痘痘，上星期，江橙橙还摸过。

2

也不知道为什么，年轻的时候谈恋爱总喜欢流很多的泪，想很多的事，闹很大的脾气，吵很多次的架，分很多次手，用很深的情，只享受那么一点点在一起时的快乐。

戴好口罩，理顺头发，清理完泥巴后，他缓缓蹲下来，用 30 秒安装好车链子。

这个跟了江橙橙三年的破二手车经常掉链子，他已经练得一手安装车链子的神功了，可以申请吉尼斯纪录了。

好像上周也是这样子，江橙橙扶着这辆烂自行车，他蹲在地上，用极快的速度修好了车子，趁江橙橙歪着头看他的瞬间，他忽地站起身，用黑乎乎的车油在她肉嘟嘟的脸上画了两根猫胡子。

修好链子后，他趴到地上，在车胎附近找到了那颗小小的螺丝帽，扶正车筐，咬着嘴唇皱着眉头，用力拧得紧紧的。

也是在上周，这嘴唇江橙橙还亲过。俩人躲在伞状的大榕树下，感觉那十几分钟的课间休息时间短得就剩下一个吻，两秒？一秒吧。

刚一触碰，时间就到了。

3

江橙橙低头看着他专注的脸，又想到那个长得像杨钰莹的郑晴。

前两天，她在树底下没有等到他，晚上十一点多跑到男生宿舍楼下一遍遍喊他的名字。

等来的是胖乎乎的陈瑞，他推开窗说，“志和抱着晕倒的晴晴去医院了，你先回去吧，他估计得陪晴晴好几天。”

抱着？陪着？好几天？

想到这里，不知怎么的，心里一下子被掏空了，憋了一路的泪，岿然决堤。

只想，也只能大哭一场。

“当初我们怎么说的……这才几个月，都不算数了吗？”刚刚恢复平静，又开始跺脚，晃车把，撕声尖叫。

“橙子，不要闹了。”那个叫张志和的男孩压低了声音，伸出手去摸她的头，像哄一个孩子。

“你要去看她……”

是任着这宠溺的放肆与任性，也是害怕失去这宠溺的恐慌与不知所措。

“你会选她对不对？是不是？”

说完就后悔了。

一步一步，越说越否定，将自己脑子里准备好的答案，硬塞给对方。

可说完的收不回来，只能又哭。

其实这一路上，江橙橙每踩一下车镫子，便跟自己说一声“忍住，不许哭，好好说，不许发脾气”。

可一看到往前走的张志和，急着跟另外一个女生的张志和，曾经只属于自己现在却属于了别人的张志和，心里翻滚的恨与嫉妒还是让头脑瞬间失去理智。

她知道，他不喜欢这样的自己，任性，无理取闹，大哭大叫，不给他留余地，连她自己都厌恶这样的自己。

什么都不在乎，是不是就会平和些？

可那时候怎么会知道，一个人喜欢另一个人时，还要先装作不在乎？要把猜疑与嫉妒硬塞进心里，偷偷藏好。那个时候的爱情，本来就是澄澈的，我需要你给我明确的、清晰的答案。爱我，还是不爱我。

一点都不将就。

4

“不要瞎闹了好不好？！”张志和拉过她的手。

可江橙橙甩开他的手，继续尖叫。

“我在瞎闹！我瞎吗？难道这不是事实吗？你熬夜去陪她，而我从来都是可有可无的……”

跟随愤怒而来的，是挫败感，张志和从来都没有把我计划到他人生里吧，否则怎么会一点都不顾及我的感受，背着我和郑晴参加那个考试，还为她送早餐，还陪她在医院过夜。

越想，江橙橙越觉得自己傻。

“你是不爱我了对吧？或者，从来都没有爱过我是吗？”

女人的心思真的很庞大，她们会根据一点点小细节，展开丰富的联想。其实她需要的只是语言上的反复确认，来抵消她的胡思乱想，而男人只需要说“不是”两个字，哪怕撒谎。

可十几岁的小男孩哪有这个耐心与心思，也没有太多经历学习欺骗。

又争执了好一会儿，男孩终于失去了耐性，松开紧握着她的手，说：“我们就这样子吧。”

说完，他转过身，像刚刚转身走到她身边一样，毅然决然地推开层层自行车，开出一条窄窄的一个人走的路……

江橙橙的世界轰隆一声巨响打下一个惊雷，刚才蒸腾的气焰一下子被水浇灭，雨水越来越多，越来越多，在心里汇成汪洋，心死在了海底。

5

他说什么?

是分手吗?

可上一周还好好的，还说一考完试两个人就去好久没去的海边等日出。

看热闹的人散场，暂停的车流重新启动，剔完牙缝里韭菜的大爷，穿着棉拖鞋返回值班室，操起大喇叭。

“都别在这堵着啦！该回家的回家啦！快点走啦！别堵着啦！”口气没了往日的仗势欺人，他也在可怜她吗?

江橙橙的泪忽然一下子止住了，呆滞着看前方，一动不动，脑子里回放着他们今年春游时第一次碰面，过小溪的时候，她没踩稳那个露出水面的石头，晃晃悠悠正要失去平衡往溪水里栽，一只大手突然牢牢抓住了她的手臂，她惊慌得扭过头，就看到张志和咧着嘴冲她傻笑。

他让她站在原地不要动，蹚过还冰凉的溪水走到她前面，从此之后，每过一个小河道他就转身伸过手来。有股从来都没来过的暖流，在江橙橙心里荡开了。

吃饭时张志和总是托着腮看着她先吃完，然后自己吃剩下的。她来大姨妈时，志和比她还着急，每隔一节课便跑来送杯黑糖水，课桌抽洞里总帮她备一个 410mm 超长卫生巾。

还有，这个夏天他们几个一起去山里写生，江橙橙脚崴了，志和背了她一路子，郑晴也在，跟在他们后面拿着她的画架。

这么一想，郑晴这个人其实一直都在，那天他伸手扶她，郑晴就跟在他后面，他们第一张合影也是郑晴拍的，她生日时他送的小蛋糕也是郑晴送到宿舍里来的，还指了指蛋糕底部叠成心形的小纸条。她笨手笨脚拆了半天没拆开，郑晴笑话她，接过手一下子就打开了。

“future ”“together”。

纸条上仅有的两个单词，让她惊喜得忘了这些小细节隐藏的之前发生的事情。

6

车筐在她走了好几里后，又歪斜了，她咬着嘴唇拆掉车筐，扔到垃圾桶里。

回到家，妈妈一把拽住她，“回来这么晚以为你被撞死了！”

她总是这样，好心不会好好表达，不是死，就是死。

江橙橙没有跟往常一样像战斗鸡似的反驳，她只低头听着，一句话都没有说，含着眼泪吃了几口米饭，牙都没刷，蒙着被子睡了过去。

人失恋，只不过失去一个人，可却像丢了整个世界。失恋后才明白，原来我们并不需要很多人，只要一个就够了。一个人就可以让整个世界都有意义。

第二天清早洗了个冷水澡，穿着单薄的外套在门前发了半天呆，做完作业又接着大睡。

周一一整天她都没出教室，张志和也没来找她。她知道一切都完了，这是他们在一起的第八十六天，感情来得突然走得更突然，她还没做好准备，人就不见了。

从昨天就舒服的身体，一量体温，39℃，连烧了三天，妈妈蹲在病床边每晚握着她的手入睡，还去庙里为她拜了菩萨。

第四天她陷入昏迷，在迷迷糊糊中，张志和向她挥手，让她赶紧赶上来，接着是郑晴，站在志和身边，手里拿着一大束玫瑰花，她挥着花也向她招手，她惊诧得停住脚步，想扭头走，可一回头全是死人的头颅，再往前看，郑晴和志和全不见了……

忘了睡了多久，醒来一点力气都没有，她将头无力地歪在枕头边，看着医生检查对床的病人。

对床是一个小男孩，七八岁的样子，双眼皮大大的眼睛，他戴着口罩，她只能看到他的眼睛。

“你妈妈打电话说又给你买了个超级大的变形金刚呢，想不想要呀？”年轻的医生弯着腰，将脸凑近小男孩的脸。

“哇，是最新型的吗？”

“当然是了！”

“哇！”

“所以你要赶紧好起来呀！”

江橙橙闭上眼，枕头边全湿了。

7

“你看，我学了七八年，别人都在挣大钱，我还在实验室里对付病菌。”江橙橙摘下口罩，抽掉橡胶白手套，扔进消毒柜。

“福建冬天不冷，但只要冬天一回家，我妈便把我裹得厚厚的。那场大病把她吓得半死，最后期末考都没有参加，留了一级，换了学校，才考进了这所医学院。”

她指指那条碎石铺成的小路，示意我往宿舍楼那边走。

她的房间是三室一厅里的背阴次卧，房间摆设很简单，木桌上放了个旧旧的收音机，一个玻璃水杯一个笔筒，旁边是七层高的书架，我把背包放在靠墙的豆绿色沙发上，扑通坐了上去，嗯，软软的，舒服。

她给我倒了杯水，然后走到书架前抽出一本书递给我。

“数学课本？”

“嗯。大二时陈瑞来看我，他觉得我是为了忏悔才放弃美术生的考试而学医，他说整个事都和我没关系，是晴晴不想让我知道，怕我可怜她。”

江橙橙倚着木质窗台，双手抱着肩，窗外是南方特有的高大樟树，“其实我一直都不知道，那两年我没回过家，也没再去过那所学校。”

“……直到陈瑞把晴晴的数学课本给我，我才知道她从很小很小的时候就喜欢志和……为了志和她才撑了那么久，直到我出现……病情一下子加重……志和有意给我很多信息，让我走开……”

“曾经我很讨厌她，她是我心里最最恨的人，恨她的柔弱恨她的存在，恨她总是对志和那么好，更恨她抢走了志和。后来我发现坏的人不是她，而是我……”

我翻开她递过来的数学课本，封面和内里都已发黄，每翻一页，时间陈旧的味道便扑面而来。

课本上每一页都有一个男孩子的画，吃橘子的，咬笔头的，打篮球的，甚至和扎马尾辫的女孩牵手的，在那幅画旁边一个头发齐肩女孩流着泪。

当我翻到第七十七页时，发现有张旧照片黏在书页上。照片边缘有被水浸过的弯弯曲曲的痕迹，但不影响照片里两个少年笑得灿烂，少年后面的大树很繁盛。

“后来你不是离开了吗？”

“是。后来我离开了，可好多事情也改不了了。想想，我觉得我和郑晴的命是连着的，那年禽流感死了很多人，整个医院都被隔离了起来，我妈妈每天在家念菩萨。就在我昏迷不醒进抢救室的同一天，郑晴的手术却很成功，他一直陪着她。就像我妈妈不离不弃地陪着我一样。他不知道我这边也在死亡边缘……不过老天还是让我活了下来。”

我把课本递给她，她用力撕掉照片递给我，照片背面有一行字。

“等我们长大后，就结婚好不好？”字工工整整，摸上去凸凸凹凹，用力很深。

8

“你和张志和还有没有在一起的可能？”我望向她问道。

“不会了。从他转身走掉的那一瞬间，我就知道已经有了定数。”橙子避开我的眼神，望向落台沿上不知名的树果子。

“所以当时那天你才那么歇斯底里？”

“后来想想，是的。”

江橙橙看向窗外高大的樟树，树顶端生出嫩嫩的新叶，风来了，它们随着风在阳光底下摇啊摇，像随命运摇晃的人生。

那时候可看不到这么远。以为有上不完的课，做不完的作业，走不完的回家路，牵不散的手，用不完的青春期，以为吵完一架后，明天醒来还能继续去上学，还可以在校园的走廊里一转弯就碰到他，然后撇着嘴绷着脸假装没看见，赌气着扭头走过去。还能，和好后，在校门口张望着等彼此。

“可谁都不知道后面还有死亡，还有新的人。”橙橙捏起看了很久的松子踮起脚尖用力扔到窗外。

“有时候我觉得郑晴晴还活着，活在我的世界里，也活在志和的世界里，后来志和去了上海中医药大学，莫名其妙地，两个人都学了医。那时候我们的梦想，是成为中国的毕加索的……”

江橙橙背对着我，擦干泪，笑了。

我摸着相片上女孩的脸，她笑得很甜，齐发到肩，穿着绿色碎花到膝盖的裙子，光着脚丫子，踮着脚，一只手搭在身边男孩的肩上。她昂头看着男孩，男孩看着镜头。

所有人都往前走了，只有她留在了这里，昂着永远年轻的脸望着偷偷喜欢的人。

如今，她再也不用担心，会出现一个女孩抢她仰望的人。

RAJA TEA STALL

第3章　毅然脱离

这些心底纯净的人与事物，在未来的途中可能会经历一些欺骗和背叛，甚至是深深的伤害。你看它柔弱，看它经不起太残酷的现实，实际上，正是这些弱小的生物，才有强大的生命力。

泽泽

——去远方，只为遗忘一个人

1

泽泽是我遇见过的最澄明的姑娘。每次看到特别美好的事物时，我都会想到她。

嗯，比如看到路边眼睛大大的女娃娃，比如屁股扭得像移动黄面包的胖松狮，比如透明玻璃瓶里的小白鱼，比如手工店铺前单叶的浓绿铜钱草。凡是这些可爱单纯简单的事物，都会让我想起她。

泽泽长着一张瓷娃娃脸，白皙的肤质，脸上总是肉嘟嘟的，走起路来就像颤颤的牛奶果冻。看久了，让人很想吃一口。

泽泽的发质也很好，乌黑柔顺，很长很长，她从 8 岁就开始留头发，等我十几岁遇见她时，最吸引我的不是她像瓷娃娃一样精致可爱的脸，而是那如瀑布一样的乌黑秀发。

后来学业加重，她总喜欢用蓝色发带把它们绑成马尾辫，额头前留着齐齐厚厚的头发帘。特别像翻版的夏达。

那时候我们常常在一起，一起去食堂去自习室去湖边走路消食，一起乘着公交车去很远的郊外大梨树园逃课，每次下车的时候，她都会故意跳一下，喊一声“哇哦，到啦”，好像刚从火星来到了地球。

我觉得现在的自己经常想往外跑，和她有很大的关系。

那个时候的泽泽，真的可爱得要死。经常，我和泽泽一起在洗漱间洗衣服时，楼道里会一遍遍重复她的名字：

“泽泽啊，你的被子要收了！”

“哦，好的啦阿姨。我这就过去！”

“泽泽啊，xx 找你呀。”

“哦，好的啦，我这就来！”

“泽泽啊，你在哪里？”

“我在洗衣服，我过去找你！”

“泽泽……”

很多人喜欢和她待在一起，拜托她帮忙做任何事，她都会笑嘻嘻地说好，老师们也很喜欢她。只要有她在的宿舍，她总能化解掉女生之间的矛盾和不愉快。

不知道为什么，那个时候我总害怕别人跟我抢泽泽，也害怕泽泽会遇到坏人，嗯，还有，遇到爱情。

说来很可笑，那时候我担心到竟然每天睡觉前都会为她祈祷，祈祷她不要遇见任何坏人，祈祷上天保佑泽泽，让泽泽遇到的每一个人都能保护她。

2

后来，我北上她南下。

她在华南师大读了三年研究生，最后在深圳一家研究所上班，月薪四千五。

当她说工资时，我吃惊地问她。

“泽泽，四千五怎么喂饱自己？你研究生毕业拿四千五怎么可以？”

她说四千五已经够多了，每个月还能剩下不少钱。

泽泽对钱从来都没有概念，一百块钱在她看来也是不少钱，口袋里有够吃一顿饭的钱，她也觉得自己不缺钱。

“我不买化妆品，也很少买衣服，吃的东西从菜市场买来回家做，我现在学会煲好几种汤呢，等你过来做给你吃呀。”

在最初来北京慌乱的日子里，隔几周我就会给她打打电话，她对生活的那种满足与知足感，总会让悬挂在半天上的焦躁的我，稳稳当当地落在地上，找到那种踏踏实实的感觉。

从大学到研究生，泽泽都没有谈恋爱，追她的男孩子不少，泽泽总是笑着拒绝了他们，理由是家里人还不让谈恋爱，让她好好念书。

大约她毕业两年后，泽泽突然有一天给我打来了电话，说她恋爱了。对方是她去参加画展活动认识的，人超级帅超级酷，15 年前组过乐队，去过世界很多地方，会开拖拉机也会开小游艇，会弹吉他会拉小提琴还会画画。

“叫什么名字？”

“侯坤。”

“做什么的？”

“画廊的主人。”

“欸……”

她兴奋地讲，我担忧地听。泽泽单身了24年，现在终于恋爱了，估计给我打电话的时候，已经结束了处女岁月生涯。不知道为什么，本来应该替她高兴的，心里却好恨好恨那个让她心花怒放的画廊主人。

挂了电话，我才发现自己忘了祝福她。

3

那年的五一，我去了深圳，见到了她口中的侯坤。

这个侯坤，留着半脸胡碴，齐耳的长长头发，说起话来总爱提从前怎么怎么样，站着的时候因为太高了有点驼背，也不知道他是不是故意装得驼背，好让自己像颓废艺人；坐着的时候喜欢跷二郎腿，话说到关键点，头往后仰，右手往脑门儿后撸一撸头发。甩头的姿势，让我一下子联想到刘欢的《好汉歌》。一副流浪好久之后，安居在城市一隅的苍老文艺男青年。

我对这个侯坤一点都不喜欢，可泽泽却喜欢得不得了。

她每天欢天喜地，变着花样煲着不同的汤，玉米排骨汤、藕片番茄虾仁汤、青笋猪蹄汤、红枣枸杞乌鸡汤、当归牛肉汤，即便是早晨，她都会起个大早去菜市场买新鲜的菜，煲一小锅好喝的汤。

喝汤时，泽泽会托着腮看她的侯坤，然后期待，等他的评判。我在旁边小口啜着，汤是真的很好喝，不舍得一口喝完。没品几口，侯坤那边已经喝完，擦吧擦吧嘴，坐到了沙发上，饭桌上只留下我和我的泽泽。

一共在那里待了三天，侯坤每天换一身衣服，本来就不近视的眼镜也换了好几副，跟我说话的时候，总是有意无意靠得很近。走之前，我跟泽泽说。

“他这个人不靠谱。”

“为什么？”

“凭直觉。”

“其实他人蛮好的，很有爱心，豆豆就是他收养的流浪狗，以前在街头吃垃圾，你看现在他把它养得多胖啊……”说起侯坤，她又来了一车子的话。

“……”

登上飞机的那刻，我回头看着向我招手的泽泽，发现她把头发帘剪了，中分的直发让她成熟了好多。

是啊，留齐刘海儿，都是好几年前的事了。

4

谈了恋爱的泽泽，也很低调，从来不会在朋友圈里晒幸福，还是和往常一样只负责给别人点赞。我也知趣地从她的世界里消失掉，更不去问她和画廊主人侯坤的事情。如果她不来找我，说明她的日子还过得去，还和往常一样，平淡无大事。

大约过了一年，泽泽突然打来电话。那时候我正忙着和小团队与一家公司谈个大合同，看到泽泽的号码，不顾尴尬，我接了电话，点头哈腰跑出了会议室。

“分手了？”为了表示我的聪明与先知，不等她说一句话，抢先说道。

“闭上你的乌鸦嘴。”

“那怎么想起给我打电话了？”

“我——怀孕了。下个月结婚。你来不来呀？”

“我去，真的假的？”

“真的啊。”

“孩子是他的吗？”

“废话啊……”

“那你结吧。下个月我有事，过不去。”

不知道为什么，挂了电话，比她告诉我她恋爱了，她怀孕的消息更让我慌张。有时候我很相信我的预感，女人深处的预感。幸运的事情往往从天而降，不幸的事情，人类提前会有感知。

后来，泽泽没有结婚。

5

差不多隔了两周吧，泽泽又给我打来电话，说婚礼取消了。我问为什么，她一下子在电话那头大声哭了起来，号啕大哭的声音一点都不像她，我在离她几千里的另一个城市急得要死。

“你别哭啊。先说清楚到底怎么了？是那个侯什么坤的死了吗？”

“没死……”

“那是家里出了什么事了吗？”

“没有。”

“那你别哭啊。快说清楚，我快急死了。”

“他好像在外面一直有别人，而我都不知道……”

“啊？”

听她哭了很久，我一句话都没有说，等她心情慢慢平复下来。但此时我的心和泽泽一样痛。

这是泽泽啊，怎么可以有人伤害泽泽呢，她那么单纯那么好，对每个人都很好的泽泽啊，当时我们上高中的时候，班里的男生女生都喜欢的泽泽啊。现在居然有人骗了她一两年，还让她怀了孕。

“泽泽，乖，你不要哭了，想想你的孩子，以后的日子还很长是不是？”

稍稍平复的泽泽，听到我的话，又大哭了起来，哭得比刚才更凶，她把这辈子所有的怨气都在这个时候释放了出来，她身边没有人吗？只有她一个人吗？

“泽泽，你把孩子怎么了？”

她一直哭，一直哭，哭得我马上想赶到她身边去。

“孩子刚刚没有了。”

“啊啊啊啊！”

一切都安静了下来。

6

第二天，我赶到了深圳，去了泽泽的住处。

泽泽一直在研究所工作，干了两年，工资从四千五涨到五千，就一直没有涨。她住在研究所给分配的小公寓里，总喜欢把钥匙藏在门垫子下面，掀开一看，果然还在。

这个傻泽泽。

轻轻打开门，蹑手蹑脚走进去，喊了声：“泽泽，你看谁来了？”

没有人应我。走进去屋里，发现泽泽睡着了。她已经完全不是我记忆中的那个俞泽泽了。

以前我们十几岁的时候，总是在一起，晚上我们俩也有祷告的习惯，我睡在她的上铺，每天晚上她都板板地把双手放在胸前，身体伸得笔直，一动不动，像个天使一样祈祷着入睡。我都没有问过她在祷告些什么。

现在的她咬着嘴唇，嘴巴干干地裂了口子，眼睛肿了起来，长长的头发剪成了短发，牛奶般的皮肤也发黄发暗，额头和下巴上还有几颗大痘痘。

突然之间，脑海里浮现十多年前的一幅画面，我的泽泽从公交车上跳下来，用细细的嗓音喊："哇哦，到啦到啦到啦！"

我们前面是一大片一大片开满白色梨花的果园，泽泽小跑到花儿底下，贪婪地闭着眼，一口气，闻个够。如果我是造物者的话，我会把泽泽固定在那个场景里面，时间就让它停止算了。

而现在的泽泽，同样闭着眼睛的泽泽，今年 27 岁，刚刚失去第一段恋爱和第一个孩子。

7

我只会煮小米粥，等泽泽醒了，我把那碗煮得滚烂的小米粥端到她身前。等她慢慢喝完，又给她盛了一碗。

"疼不疼？"

"疼。"

小声说了一个字，泽泽便别过了头去，一行泪花瞬间流了出来，啪嗒一下，落在了枕头上。那是我第一次见到泽泽哭。没有声音。

我坐在她的床边，心里好像被刀子一刀刀硬生生捅一样。她是不是就这样子，一个人哭了很久，才做了决定？才一个人去医院做了流产？然后一个人打车回到这个小公寓？

“侯坤怎么说？”

“没有和他说。”

“什么叫没有和他说？”腾地一下子，一股无名火冲上脑袋。

“他还不知道我发现了，也不知道我把孩子打掉了。”

“什么？”我更吃惊，“为什么不跟他说啊，不管你最后跟不跟他结婚，这个责任他必须付的！”

“为什么啊泽泽？为什么这么做？”想到这些，我也哭了起来。

泽泽不说话，只是流泪。过了好久，她小声地说：“我怕为难他。”

这事，也许只有泽泽这样的人才干得出来。都到了这个时候，还在为别人考虑。

“俞泽泽，你这个傻子，也只有你这样的人才能干得出来这样的傻事！什么叫怕难为他，侯坤他妈的就一渣男，你还为他着想，你想过你自己吗？”

“就这样子吧。”

“什么叫就这样子吧，他人呢？”

“他去外地了。”

“去外地干吗？”

“说是去采风，其实她也去了。”

“你怎么知道的？”

“侯坤在电脑上登了微信，忘了退出了。”

“好吧。又一傻逼……”

“现在呢？你打算怎么办？”

“我想回青岛。”

“一个人？”

“嗯。”

“什么时候？”

“现在。”

“……”

8

原来泽泽已经提交了离职申请，领导想加薪让她留下来，泽泽说不是因为钱的事。

简单收拾了行李，发现她的衣服很少，书也很少，除了阳台上几盆植物，什么都没有。对了，她倒是默默地存了不少钱，虽然工资不高，但三四年下来存了八九万。一个月存两三千，偶尔给别人画画插画，所得的插画费也存了起来。

深圳这个鱼龙混杂的新都市，本来就和泽泽的气质很不相符，在飞机上我问她当初为什么想留在深圳，而不是早点回青岛，她说可能是为了等着遇见侯坤。

说完，她又把头扭向了窗外。飞机的小舷窗外是湛蓝湛蓝的天际，还有刺眼的阳光以及厚厚的云层，云层下面是山峦，山峦中间有湖泊，湖泊旁边是平原，平原的尽头是大海。

我们就在这个小星球上，经历着生，经历着死，经历着喜悦，相爱，背叛，离别，牺牲。从来都没有人能说得清楚，一个人爱另一个人的意义是什么。

可能仅仅只是经历，然后各自成长吧。

9

还是常常会和泽泽打长途电话，问她你还好吗，她总说好。问她在干吗呢，她说学日语呢。

“要去日本吗？”

“可能吧。”

真好。

十几岁的时候，我遇到了泽泽，总害怕她遇到坏人，觉得纯洁无瑕的事物就需要有人来负责保护它的纯洁无瑕。可是后来才发现，这些心底纯净的人与事物，在未来的途中可能会经历一些欺骗和背叛，甚至是深深的伤害。你看它柔弱，看它经不起太残酷的现实，实际上，正是这些弱小的生物，才有强大的生命力。

泽泽走过了人生一段黑暗的时期，一个人，没有谁的帮助与陪伴，在青岛找住处，找工作，进公司，在职场上跟别人厮杀。但是她不像我，不会和别人吵架拍桌子，拿文件摔别人脸上，她有她的方式。她温和，她耐心，她冷静，她喜欢低头做实在的事，很少讲关于未来的话。

今年的春天，泽泽给我发来一张照片，是鸭川的樱花道，很美很美的樱花道。

泽泽真的去了日本，念一个很偏很偏的学科，叫什么中国古诗对日本文化的影响。她说她每天早晨会六点起床，沿着鸭川走很长很长的路，她说樱花开的时候特别特别漂亮，落花的时候更漂亮。她说她会去区役所学日语，她说她逛遍了京都的大街小巷，喜欢上了这个安静得能听见脚步踩地的古都。她还说，偶尔会想那个被打掉的孩子，如果留下现在应该会叫妈妈了吧。

现在的泽泽仍然在听 TFBOYS 的歌，仍然喜欢养些小植物，仍然在生人面前安安静静，仍然喜欢朴素简单的衣服，仍然说话时轻轻弱弱，让人听不清楚。

可这些都没有关系。柔弱的人，总能找到柔弱的方式应对坚硬残酷的世界。我现在不担心泽泽了，不担心她会失去内心里让人舒服安心的东西。

祝好，我的姑娘。

许书书

——记忆中的那个少年，已不穿白衬衫

1

离下班还有两小时零十七分钟，刷完十条微博热门，写完一个完整的策划案，吃进肚子的咖喱土豆饭才消化一半，许书书的信息就来了。

“丫头，五点半下班，西直门小西天集合，陪我去见我的男神。”

“哪个男神？”

“你说呢，当然是我的男神！”

“钟汉良还是吴彦祖？”

“我说的是我的男神！！”

许书书的男神？

我发了八九个尔康表情包，许书书这臭丫头愣是没回复我。

好奇心强的人最讨厌别人用秘密把他吊住，许书书这次把我吊到树的最高杈上去了。一下午我都坐在办公桌前七想八想，她的男神？她的男神！她的男神……如果换其他人拉我去见她的男神，除非真的是钟汉良和吴彦祖，不然我肯定没有多大胃口去围观，但是许书书的不一样。

许书书今年 27 岁，一次恋爱都没谈过，周五我们机密小组在南锣酒肆喝酒的时候，玩真心话大冒险，有人厚颜无耻地问她还是不是处女，她一口闷了难喝得要死的那杯茴香酒，然后狠狠地点了头。

从我认识许书书那天起，她就一直在扯她的男神。恋爱指导书上说，如果一个女生在朋友面前多次提及某个男生的名字，说明她心里对那个男生有意思。像许书书这样的，肯定是把命给了她男神。

“初三毕业那年，刘淼也和我吃过这样的冰激凌；快看那个黑色羊绒围巾，刘淼一到冬天就会围和这个一模一样的围巾，有一年我偷偷给他织了一条，可没敢送给他；刘淼也很喜欢喝这种带柠檬味的红茶；六年级下半个学期，我在超市遇见了他和他妈妈，他妈妈当时也在选捞饺子用的笊篱……”

我们走到某个地方，吃到某个东西，谈及某个话题，只要牵涉到许书书回忆里的男神，那人的名字就像被定了时的声波推送到我的耳朵里。

许书书的世界里，看不到其他异性，除了她回忆里的男神刘淼。

2

其实许书书长得真的很漂亮，根本不像那种会暗恋一个男生半辈子的姑娘，她的人生也不需要什么翻转剧情。从小就是众人眼中的美人坯子，学习成绩很好，身材很棒，学过民族舞，化上精致的妆，穿上 7 厘米的高跟鞋，参加个三四小时的聚会，装装女神，是不会出什么漏子的。

我是在小圈子聚会上认识许书书的，那天她戴了个超大的耳环，长长的秀发绾成卷，嘴唇上涂着复古酒红色，穿了件红色紧身连衣裙，所有的人都土土的，就她，像被遗留在田野里的牡丹花，一颦一笑都美得惊人。

吃完饭大家互相扫微信加朋友，许书书本来没有坐我这桌，可她却走过来第一个和我加了朋友。我盯着她大大的眼睛，又低头瞧了瞧我那天穿的墨绿色皮夹克以及为了扮帅气戴的短假发……加了微信后，她常常找我聊天，问我喜欢什么电影，爱听什么歌，喜欢哪个明星，我说我喜欢钟汉良和吴彦祖，她说她最喜欢何韵诗……

一周内她频繁约我去吃饭，我大姨妈来了肚子疼，我感冒了头不舒服，吃坏肚子了，全身的毛病都用完之后，实在没有办法只能和她见面。

那天我打扮得要多女人就有多女人，就想告诉她一个铁定的事实：我喜欢男人。

我开门见山地问她，为什么会对我这么感兴趣。

她瞪着我，歪了歪头说，“你猜？”

“……”

“因为你喜欢喝石榴汁，一到秋天，我男神就去街边买鲜榨的石榴汁。”

“你男神？”

“我小学四年级的班长，刘淼。”

误会解除后，我和许书书的关系才有了进一步的发展，没想到她和我一样大大咧咧，说话总是不经过大脑，心思却细腻得像不再注入水的小湖泊，稍有点风吹草动，整个湖面都是波浪。随之，这个从 90 年代穿越过来的少年也闯进了我的世界里。

刘淼这刘淼那，刘淼一年四季都会穿件白衬衫……

3

五点半一过，许书书就打来电话。

“我就在你楼下，麻溜地下来。”

“你从西城赶到东城？怎么不在小西天等我？”

“怕你拖拖拉拉啊，快，一分钟。”

果然，她在等我，隔着马路，一条腿伸在出租车外，伏着身子，一只手推着车门一只手不停地向我招手，在下班人潮中大声吼道：“你丫，快点啊。”

这种场景实在太对不起她的颜值。

我匆匆跑了过去，过了好几个红绿灯，才停止了大喘气。

“你的刘淼？”

“嗯嗯嗯。”

她紧紧抓住了我的袖口，我拽了回来：“好好说，别拉拉扯扯。”

“我也不知道他从哪里要来的我的手机号，中午吃饭的时候突然打电话过来，说自己是刘淼，我小学班长。”

“我知道他是你小学班长。他来北京爬长城还是逛天安门？”

“他说他在北京好几年了，昨天才知道我也在北京，就给我打电话了，还问我记不记得他。”

“你肯定说记不得了。”

“怎么会，我说我记得啊。他让我去找他玩，我一个人，不敢去，所以带上了你替我做心理后盾。”

“你有什么不敢的，看看你自己，偌大的北京城，十个人里面有九个比你丑的，你怕什么。”

“我也没觉得自己多好看。反正，你陪我，我稍微踏实点，不那么紧张。”

“好吧。那个，你那个刘淼不会也一直喜欢你吧，只是感觉自己太怂了，才隐忍起来，等事业有成后觉得自己有资本和你见面了，才浮出了水面？”

许书书的脸，腾地一下子红了：“应该不是吧。我也不知道。不过他的声音变了，很有磁性。”

“都十年不见了，肯定会变。估计相貌也变了。”

许书书没有接话，她把车窗摇下来，趴在窗边上望不断变化的风景，闭上了眼睛。我知道她肯定又在放映十年前的青春年少。

隔了十几分钟，许书书突然扭过头和我说：

“我肚子好像抽筋了？”

“怎么回事？”

“一紧张就抽筋……”

“……”

我也很无语。

“不就见个活人嘛，紧张个毛。”

“不一样的。”

嗯，确实有那么一点不一样。

4

许书书口中的男神，是她小学四年级的班长，他们小学和初中都是同学，小学四年级、五年级和初三时是同班同学，高中毕业后，许书书就和她的男神分开了，她在一中，男神在十五中，高考结束，男神去了西南部的一个小城市念叉叉叉师范学院，她来北京读北二外法语系，后来又保送本校的研究生。

高三毕业那年，许书书十七岁，骑了两个小时的自行车跑到郊外的十五中（几乎十分之九的人不是学体育就是学艺术），隔着老远的距离看了他男神一眼，从那之后，十年了，都没有再见过他。

每年初中聚会她都会去，打听打听她男神的消息，他谈恋爱了，他分手了，他谈恋爱了，他分手了……他不见了。后来初中同学也不聚了，男神刘淼从她的世界里彻底消失了，许书书却活在了有刘淼的世界里。

我们谁都没有见过许书书的刘淼。许书书说，刘淼长得很高，因为身高的原因，他们俩都坐在最后一排，刘淼遇上不爽的事就拍桌子起身，抄起他放在手边的板凳腿，跟惹他的人打一架。她和刘淼之间隔着四个人，她坐在右边的过道旁，刘淼坐在左边，自习课上她会用铅笔写“淼”字，然后再用手捂着偷偷擦掉，也曾经在路边刻过一个带“淼”字的米雕，藏在铅笔盒里几天，怕被同学发现又放回了家里……暗恋该做的事许书书都做了，包括安安静静地假装路人一句话都不说，直到刘淼不再和她有交集，她才能心平气静和活人说起“刘淼”这个名字。

许书书说刘淼的帅和别人的帅很不一样，他的每个动作每个眼神甚至每句脏话都帅到让她记一辈子。说的时候，谁也不看。

5

堵了一路子，终于到了小西天，可她的男神现在店里很忙，没时间亲自过来接我们，我和许书书只得跟着导航软件走一段路。从主道上拐进一个小胡同，走了十几分钟，地图上的终点却越来越远了，上面显示我们偏离了路线。

我和许书书转过身，长长的胡同，没有其他路可以走，于是又倒了回来。软件提示“已到目的地附近”，两个人傻眼了。

“地址对不对？”

“没错的，按他发来的定位走的。”

“可这哪里有店啊？”

“这不好多店嘛。”

呃，胡同里确实好多店，一个几平方米的花店，一个只有窗口的山东煎饼店，一个放了几张桌子的黄焖鸡米饭店，一个十几平方米的驴肉火烧店，一个过桥米线店和黄焖鸡同时挂牌的店，还有就是只有 2 米走廊宽的卖手机壳的店。

“你男神不会在楼上租的居民房办公吧。”

许书书握着手机没有说话，抬头巡视了上面的居民楼，忽然她的眼神落在了那个只有两步宽的手机壳店门口。她眼睛瞪得大大的，我顺着她的目光望向里面，还没有看清什么，她拉着我的手跑了起来。

“走，快走。”

“怎么了？”

“我看到他了。”

“在哪里呢？”

“额，那个买手机壳旁边站着的就是他。”

“我得去看看。”

我甩开她的手，停了下来。

“介不介意我去看看？”

许书书镇定地说：“不介意，但是，别让他知道你就是跟我来的朋友，我不想见面了。”

“放心吧。”

我小跑折了回去，走进手机壳的小店。

原来这个小店里面别有洞天，除了卖手机壳，里面还有个桌面卖彩票。她说的手机壳旁边的男人，就是她惦念很久的男神，手机壳旁边卖彩票的。

彩票桌前确实围了几个人，他站着用一元硬币给他们刮刮乐。

“要什么壳？”卖手机壳的大叔问我。

“呵呵，不要壳。”

许书书的男神猛地抬眼，盯着我，我吓了一跳，完蛋，这下要对不起许书书了。

“要彩票？”他两眼放光地继续盯着我。

我深深吐了口气，“呵呵，给我来个两块钱的刮刮乐。”

“来，美女自己选。”

“嗯嗯。”

“五块。”

“手气不错呀，要不要再来两张？”

“不用了，不用了。”

他递给我三块钱，我接过钱，马上出了门。

6

许书书在胡同口的大槐树下等我，立在槐树底下的她如此美。

“书书，我见到他了。”

“我也看到了。”

她搓着手，不知道该说什么。

“你别哭啊。我给你赢了三块钱，给，算他欠你的。”我把三张一元的纸币递给她。

这种事换了谁都得尴尬，自己喜欢的男神竟然成了卖彩票的大叔。

“他不欠我的啊。”

“你确定他就是刘淼啊？！”

“百分百确定，我看了他一眼就知道他是刘淼，虽然变化很大，但他就是刘淼。”

“他不是很高吗？”

“估计后来没长吧。”

“不是很帅吗？”

“吃胖了啊。”

“不是说，他头发亮到用手摆起来很带感吗？”

“现在也很亮啊……”

我们朝着公交站牌走去，感觉真他妈的滑稽。那个男人谢了顶，身高只有一米七左右，胖墩儿，脸上油兮兮的，还有很多青春走过的坑坑洼洼，张口说话，牙齿里有黄色烟渍。

许书书扑哧一下笑了出来，看到她没有事，我也憋不住了，毫不顾忌旁边等车的大爷大妈抛来“真是俩神经病”的眼神，俩人捂着肚子笑成了疯子。

“哈哈哈哈，我发誓我半个字都不说。”

“没关系，说也没关系……”

“人还见吗？”

“我见了啊。”

笑着笑着许书书突然哭了。

“唉，是不是感觉很憋屈？”

“我也不知道该说什么。只是一下子觉得青春就这么过去了。”

“人都是会变的。”

“其实，我不是怕你笑话，我走不是因为他变成那个样子，我也没有感觉自己多委屈，刘淼在我十几岁的年纪走进了我的世界里，有他在的每一天都是不一样的，即使他变成了那个样子，可我回忆里的那个少年，还是没有碎。你懂那种感受吗？”

“不懂。”

她又扑哧一笑，泪花还挂在脸上。

“很多时候，当我觉得自己走不下去的时候，我都会想起刘淼，我们之间说过的话可能不超过一百句，可每一句我都记得。遇见憋屈的事，我会想起刘淼；遇见高兴的事，我也会想起他，我知道，可能有时候是我脑回路形成了固定模式，一有点屁大的事，都会戳到他那里。他就像我的一个盾，我知道我一直躲在盾后面，虽然现在发现自己的盾已经变了样，但还是很谢谢它，懂吗？”

“也不是……特别懂。”

“就是，虽然那个男孩变成了很丑很挫的人，可记忆里的少年还在记忆里，谁都没有办法击碎。”她猛地一攥拳头，配合上动作。“即便他自己也不可以，我的青春仍是被照亮过的。我也不知道这些年值不值得,但后悔两字是没有的,真的,只是有一点释然了,我知道我不该再握着青春往前走了。"

"如果刘淼现在是留学归来,事业有成呢?"

7

许书书看向我,缓缓地摇了摇头。

"不可能的,他从来都不是那样的人,从我十几岁认识他的时候,我就知道他不会很成功,但当年他为我打架的样子真的很帅。他是我的那个盾,不关乎美丑,不关乎成功,它出现在了我的小时候,给过我安全感,我长大的过程全依仗着这个盾,升学、就业我不是靠着刷脸走过来,世界也会投来不友善、不欢迎、阻挠甚至厌弃,可我有这个盾,我躲在里面,告诉自己有人会为我们出头,不要怕,往前走。"

我好像全明白了,那个盾的含义,可能只是一次为了那个小小的姑娘出头,可能连他自己都不记得的某种保护性的事情。我也有那个盾,只不过我放弃得比较早而已。

"他就是刘淼,"许书书笑了,又歪了歪头,她总喜欢像小孩子一样一笑就歪歪头,"我一眼就看出来了,可能在你眼里他很挫,但他就是那个一年四季都会穿白衬衫的刘淼,谁碰一下他,他都会弹一弹衣服,生怕沾上半点脏东西,那是他妈妈送给他的,他很珍惜。他妈妈去世后,我们谁都不知道他去了哪里,看到他很好,吃胖了,嗯,这样就挺好的。"

"不过你也该醒醒了。"

"我一直是醒着的,真的。车来了,快。"许书书拉起我的手跳上车,她的手很软，老辈的人说手软的人有福气。我知道许书书肯定会有福气。

好了，就讲到这里，许书书后来还是和刘淼见面了，其实那时刘淼已经结婚，孩子也会喊许书书“阿姨”了，青春年少都成了过往。

关于青春的暗恋的故事多不胜数，而且怎么说都说不完，在喝醉酒的深夜，那个记忆中的少年还是会闪入我们脑海里，但一切都不重要了，重要的是，在都是一张白纸的年纪，很庆幸能遇见你，虽然一切都终将老去。

金多朵

——你是我飞跃山川的大梦一场

1

有一年的整个春天和夏天，每周五晚上我都会往燕郊跑。

从国贸 D 口出来，等一辆白色面包车，再等从 SOHO 写字楼里飞奔出来的金多朵。面包车的主人是总爱穿花大褂的中年露肚大叔，最大号的褂子套在他最大号的啤酒肚上，还是束身的。

等金多朵提着 Coach 包背着吉他，脱掉高跟鞋光脚跳上车时，司机大叔绕过裹满黄色胶带的烂车头，慢腾腾钻进驾驶座。每次坐下来，褂子总会绷开几个扣。每等到这一幕，我和还大喘着气的金多朵就开始哈哈大笑。

“笑屁。所有男人到我这个年纪都这样，只不过我的比较大。”说完，他立立身，给自己身体多腾点空间。

大叔一解释，我俩笑得更猖狂了，弯着腰笑，停不下来，连拧开饮料瓶的劲儿都没了。

这个光头，右脸上有长疤却一点凶相都没有的胖大叔，从不跟我们俩小的一般见识，说了句“开车喽，丫头们可要坐好啊”，整个车子就猛飞了起来，

奔巴
BENBAR

我和金多朵没有任何防备，手里那瓶没开盖的橘子味的芬达汽水，以及金多朵手里的金色高跟鞋，跟着车子摇啊摇。

你瞧，我在去敦煌的刚穿过一个很长隧道的火车上，写下这个故事的开头，如果不写这个故事，我可能都忘了，原来我们度过了那么多快乐的时光啊。那一年的秋天、冬天、春天和满是雷雨的夏天，我们在街头边走边笑，遇到好玩的事情就停一停，遇到衣服好看的小店就进去逛一逛，嘴也一直没闲着，热烈地聊着天，聊的都是关于爱情的。

虽然后来，所有的爱情都死了。

2

那辆白面包车有 11 个座位，却坐了 13 个人，还除了司机大叔，我和金多朵坐在前面车台子上。北京就是这么一个城市，五彩缤纷地交融着，车上都是晚上回住处的人，在市中心上班，回燕郊睡觉，而去燕郊的路，一堵就堵上两三个小时。

在沉默的车里，有的人疲倦地闭眼睡觉，有的人低头看手机，有的人歪着头看窗外的风景，就像我现在边写这个故事边瞧外面什么也看不到的夜色。

金多朵化着精致的妆，美瞳是棕黑色的，睫毛是去三里屯逛街时刚接的，眉毛是回东北老家姥姥带着文的，嘴巴是天生的樱桃小嘴，涂着迪奥当年流行的大红色，耳朵上有两个耳钉，鼻子一直嚷嚷着要不要去韩国打竖鼻针。后来也真的打了。

这么精致的她突兀地坐在破旧还有汽油味的面包车上，边喝汽水边和司机大叔有一搭没一搭地聊天，我则打开电脑处理快要出片的稿件。

之所以能容忍爱吃韭菜合子的光头大叔和出过车祸车头裹满黄色胶带，车胎歪歪斜斜，还没坐的面包车，那是因为司机大叔开得最快最不要命，超车，插道，闯红灯他都干。

我们赶时间赶得也没考虑过命的事，只想着要在7点前到达东贸大厦十层。

车子一下到了燕郊大桥，拐弯到东贸大厦前，我和金多朵立马从车厢里跳了出来，司机大叔打了个OK的手势，又生出一股飞尘消失在车流中。

多朵光脚踩在石子路上，把那双金色高跟鞋塞进包里，换上一双运动鞋，然后边飞快地走边汇报她跟刘泽天的近况。

“这些天我们一直在聊支教的事，你知道那个什么什么学校吗？小孩子都吃不上中午饭的。我从来都没有告诉过别人，我的梦想是去支教，估计别人听了也会笑话我，觉得我吃不了苦，但刘泽天没笑话我，而且，他和我想的一样！”

我看了一眼金多朵，确实，她跟谁谈支教的梦想，谁都会嘲笑她。从小养尊处优，没有为任何事操过心，在北京父母有车有房子，挣的工资够买衣服和包包就行。

“一样什么？”

全是灰尘和汽车鸣笛声的燕郊，我接过她手里的吉他，走近一些，说，“你们打算一起去支教吗？”

“嗯，正在选学校。想去。以后我要少买衣服少逛街，把钱攒下来，我妈肯定不允许我去。”

金妈妈20岁就生了金多朵，一个人在东北开了好几家饭店，又在北京开了好几家，小时候的金多朵就在桌子腿和椅子腿里转啊转，但一切都脱不了金妈的掌控线，只要一出饭店门，不出三步就被喊回来："金多朵你干吗去？"胖乎乎的多朵就转过身，又回到前台，跳上高脚登，玩那个破计算器。

"不过这次，只要刘泽天去，我就跟他走。我们现在选定了几所学校，只是都在招英语老师，我英语不行，不过刘泽天可以教音乐，可以给孩子们弹吉他。"

燕郊有我好多的朋友，大多都是自由职业者，北京的房子租不起，他们就搬到了燕郊，有的办了画室，有的做了设计室，有的在家写作，有的还自己在一居室里开了电台，甚至有的还做了主播。

刘泽天是金多朵的朋友，不对，应该是喜欢的人。从十四岁起就喜欢的人。

他在燕郊组的乐队。

3

每个时代的年轻人都在作，为自己的梦想作着青春的年岁。

14 岁的金多朵吉他老师是刘泽天，十年前，刘泽天和一帮哥们儿在金多朵的舞蹈学校门口摆了个牌子，扯了根电线，然后弹起水木年华的歌。

当天，金多朵还没来得及换掉刚参加完比赛的拉丁舞服，脸上也是浓浓的儿童妆，远远地，她隔着人群看到站在石凳子上闭眼皱眉弹吉他的刘泽天，虽然那天台子上有三个男孩子，同样甩头闭眼的浩子，旁边闭眼敲鼓的胖仔。但金多朵后来说，她只记得有刘泽天，只记得那个略有沧桑气的男声通过播音器传到她的耳朵里，她不自觉地停了下来，站在人群外，跟着音乐摇晃脑袋，手指不自觉地打起拍子。

一首，两首，三首，十首歌下来，刘泽天的乐队招了15个学生，A4纸最后一个名字是金多朵。

“你是满族？”浩子敲着她歪歪斜斜的名字。

“对啊，正白旗，家里到现在还有一批古董，你买不买？”看着她一脸六一儿童节浓妆，还瞪着大眼，浩子差点没笑岔了气。刘泽天边收拾边瞧这个满脸浓妆还穿着演出服的小姑娘，看得金多朵扭头就走了。

“欸，小丫头，你只留了个名字。电话呢？”浩子喊住她。

金多朵又转回身，在纸上写了宿舍电话号，写完，又用手指头指着数字念了念，没错。

“打这个，晚上八点我们就下课了。”

再次转身走的时候，她又看了一眼刘泽天，晚上昏黄的路灯下，刘泽天在弯腰搬音响，举起的一瞬间，忍耐、坚韧以及帅气的脸庞一下子走进了金多朵的心里。

金多朵走进校门，又躲在门后面看他和浩子和胖子把家伙什板搬上三轮车，唱着水木年华的《在他乡》消失在街头。

当天她给金妈打电话说，要交舞蹈费，金妈立马打了双倍的舞蹈费来，“剩下的钱买衣服，不准买东西吃”。

“我妈当时很有预见性，每次给我打电话只说别多吃东西，别人的妈都是吃点好的，我妈说买点好衣服。”

现在微微发胖的金多朵讲完他们的相遇情节，走到门前，转过身给我一个嘘的指示：“不要告诉其他人哦。”

我不会告诉其他人，因为金多朵会挨个儿地说，这也是她跟我说的第N次，故事在我心里都可以写小说了。而现在我拖了好久，才写出来。

4

当时还是小孩子的金多朵被刚刚大学毕业热血澎湃的刘泽天迷得不行，每周五晚上都背着比她高不了多少的吉他去北海公园附近的地下室，哪怕打雷下雨，她也会穿着雨衣去。

上完吉他课，刘泽天会抄着口袋送她们这些小孩子回学校，说路上不安全。

有时候她也会跟着刘泽天他们去后海酒吧驻唱，也去各大学校“招生”，拖着音响、吉他、二手鼓，还有一辆门卫室大爷的三轮车，从北海公园骑到海淀。刘泽天骑着那辆破三轮车，三轮车上坐着他的新女友还有十四岁的金多朵，其他几个哥们儿，浩子和胖仔，骑着破二手自行车在旁边保驾护航。

那阵势真的很拉风，因为刘泽天每次的恋爱对象都是各大学校乐队的主唱，头发长，腿长，脸长，错了，是脸长得漂亮。刘泽天像年轻时还没晒成铜色的古天乐，皮肤白白的，唱歌时头发还可以甩，如果当时有人能包装包装他，估计到现在也能混成一角。

地下乐队搞了一年多，刘泽天和几个学校的乐队主唱挨个儿谈完恋爱后，搬出了地下室，退了一半学费给金多朵，让她好好在学校学舞蹈。酒喝到凌晨三点，迷迷瞪瞪拍着逃课出来的金多朵说：“坚持一门艺术不容易。”

浩子一把拉开金多朵，把她安排到了他们的地下室，他守在门外，那是金多朵第一次在地下室过夜，但是觉得很安心，虽然门外躺着三个醉了酒的大男人。

那天之后，乐队解散了，金多朵再也没见过他们。

可有些影响却永远走进了骨子里，比如挥霍青春，比如放荡不羁，比如无所畏惧，比如天不怕地不怕，还有一些零碎的生活影响，比如喝酒，比如抽烟，比如不停谈恋爱。

“为什么人会喜欢玩吉他？”我问金多朵。她说，吉他可以让人很放纵，放纵言外之意，就是自由。

哦，轻轻巧巧的快乐。

“谁的青春，没把吉他呢？”她挑了挑眉毛，推开门。

5

顺着金多朵打开的门缝，我踮着脚走进屋里，蹑手蹑脚找到一个角落，放下包，打开谱子。

30 岁出头的刘泽天坐在深绿色布艺沙发上，给 20 个学生上着最基础的吉他指法课，他讲他的，学生听不听是他们的，一点都不影响彼此的流畅性。

金多朵说，刘泽天的帅不仅是脸上的帅，还是骨子里的帅。怎么个帅法？是动作里的漫不经心，是对任何人任何事的高高在上，是那种大男孩的洒脱和不羁，也是理想主义的生活者。就像他发现女朋友喜欢上了其他人，连夜从英国飞了回来，又邀了哥们儿重组乐队出山。

“他不想被生活羁绊。”金多朵边看他弹吉他，边小声对我说。

“不被生活羁绊？还有不被生活羁绊的人吗？如果不被生活羁绊，他自在地待在英国，不就失个恋嘛，干吗回国？”金多朵手里打着拍子，身子也随着刘泽天的吉他声晃了起来。我想了想，没有说。

课上了一个小时，天完全黑了下来，之前窗户外面还能看到远处未建高楼的荒地里的广阔风景，现在更远处的零星的灯光出现了。那边是通州，再过几年，这扇窗户外的风景会完全不一样。谁都不记得谁站在这里，看过怎样的景致。时间推移着人去改造，我们什么都留不下来。

下课后，学生都走了，我们把椅子垒起来，客厅又成了客厅。

浩子开始肆无忌惮地弹吉他，刘泽天皱着眉头抽烟，时不时地在纸上写下一些曲子的灵感，金多朵脱了鞋在木质地板上合着浩子的歌，胡乱跳一些舞。

浩子还在，回西安老家几年又回来了，不过后来我们又把他送走了，这是后话。胖子已经成为瘦子，一对双胞胎女娃娃的爸爸，在国企卖命挣奶粉钱，偶尔来听听吉他，房子是他提议租的。

第一次见到这些传说中的真人，心里面不知道为什么有种很暖的感觉，想想十年之前，这些意气风发的小伙子，还有金多朵这个小孩子，如今他们又在一起了，虽然都没有成功，而且可以说很穷，但仍然和十年前干的事一样，以办吉他班为生，搞乐队，斗琴，每年参加音乐节，可他们一点都不显老，或许还没有到老的年龄。

那一年的整个春天和夏天，我和金多朵从东直门和国贸两个方向，一起出发去燕郊，她是去看刘泽天，我是去混着玩儿。

我喜欢和他们一起浪荡，当吉他声和鼓声响起的时候，他们唱歌，我坐在旁边打拍子，嗓子唱哑了，手拍酸了，一群人下楼去路边小摊，一人两瓶啤酒三十根羊肉串，聊诗歌，聊创作，聊音乐，聊下这个月收的学费够不够付下次三个月的房租。

平时话很多的金多朵除了唱歌的时候展示真实自我，只要有刘泽天在的场合，她都会变成小鸟依人的沉默者，她会昂着头看刘泽天皱着眉绷着嘴调琴弦，调好后递给她，也会脸红。

吃饭时，她会昂着头看刘泽天喝啤酒，喉结推送水流，咕咚咕咚，她会担心又崇拜，却还是一句话都不说。

她隐瞒了乐队里所有人自己喜欢刘泽天这件事。但我们都知道她喜欢刘泽天，也知道浩子喜欢她，从 10 年前她隔着人群摇晃脑袋，拍着拍子时就喜欢她，这一点，浩子每次喝醉酒就说：

“我就看到那么一个小小的人，第一眼差点没吓到我，近了发现是个很漂亮的小丫头。如今小丫头终于长大了，什么时候可以嫁给我？”

金多朵气得脸铁青，刘泽天不说话，闷着头吃煮熟的花生米。

6

从燕郊回来的路上，我问多朵：“你和刘泽天有没有可能？”

多朵的脸唰地红了，“我，我没想过。”

“怎么会没想过？”我打开车窗，风呼呼吹到脸上，这段路真的很黑。

“我听浩子说，他前女友从英国回来了，想和他复合。”

“那没希望了。”

“没希望也无所谓，我就守在他身边，以前不也是看着他谈恋爱吗，无所谓，真的无所谓，我不在乎这些形式感，只要他在我身边，我能每周像这样见到他就可以了，只要他不烦我就可以了。只要……”

司机师傅扭头看了一眼这个傻姑娘，一句话都没有说又扭了回去。我看见他还瞥着前视镜。

隔了很久他说：“你们知道我脸上的这个疤怎么来的吗？”

“怎么来的？”其实我们不感兴趣。

“抢姑娘时被对方用刀子划的。”

“啥时候的事？”

“那说来早了，都20年了，你们还穿开裆裤呢。”

“那姑娘呢？”

“嫁人了啊。”他阴阳鬼气地说，我们猜出了结局，可还拿最锋利的刀子捅他。年轻人对年老的人，有时候就是这么残忍。

“是你不？”

“不是……”隔了很久，他终于回道，“别人的。”

“值吗？”

金多朵一句一句地问，一点面子都不给对方，大叔沉默了好久，把车子放慢，说：

“姑娘，叔给你说句实话，不管你们现在懂不懂，听不听得进去，还是觉得我可笑。”他第一次这么严肃，那种嘻嘻哈哈的油气顿失，“当时觉得挺值的，因为她真跟我处了一段，后来又觉得不值，因为我每处个对象都得跟她们解释这疤的来历，相处没多久每次吵架都他妈的因为这一刀子，后来我也不解释了，直接说学雷锋救人被土匪划的。不过，掏心窝子跟你们小丫头说，还是觉得值。”

“人啊，什么最宝贵？时间最宝贵！什么最好？年轻最好！什么都换不来你们现在的年轻。年轻的时候该干些什么？年轻的时候得豁着命爱一次。好了，坐好了哈。”说完他又开始加速，没命地开起来。爱字，从光头带疤大啤酒肚的中年大叔嘴里说出，让我觉得荒凉又震荡。

我们都不说话了，各自琢磨着他刚才的话。

7

我的工作因为对接了新作者，变得更忙了，经常加班到十一点多，每周去燕郊的习惯在过了23岁的夏天后就断了，只在秋天时在王府井见过一次浩子，才知道浩子这么多年背着父母在北京玩音乐，家里的哥哥得了癌症去世了，嫂子回了四川老家，父母只剩下他这个独子，还有大儿子留下的孙子。

那天浩子的哥们儿从他父母家出来，从西安一路开到了北京，要替他父母把浩子押回西安尽孝，临走的几个小时，他给多朵打电话说想见最后一面，挂了浩子的电话多朵给我发信息，说你要来，我一个人应付不了，我怕我会哭。

放下着急出片的稿子，我请了假，拎着包赶到了王府井。

几个月没见，浩子瘦成了干，瘦得让朋友们心疼，他的两个从西安连夜赶来的朋友说着西安话，把浩子的“不孝”陈述了一遍。

“他搞音乐搞了那么多年，他爹一句反对的话都没有说，现在大哥去世了，他爹也没给他任何压力。但他不能这样坐视不管啊，我们读的书虽然少，但不能看着带我们长大的伯一夜白了头，儿子还不在身边。”那个个子不高，身材很胖的朋友说。

我和金多朵吃惊得一句话都说不出来，我们不知道浩子一个人顶着这么大的压力，他对谁都没说过，包括刘泽天。

“其实我们都能理解他，理解他不想过我们这种人的生活，不想为了钱浪费自己的时间。我们也是听浩子的吉他长大的，十几岁的时候我们也玩吉他，可人总要担起自己的责任，不能因为自己的快乐不顾家里人的苦啊。而且回西安怎么了？回西安照样能做音乐啊，西安有我们一帮人，他想做什么我们都能帮他，想办吉他班，好，我们给他租场子，不是非得在北京。那个谁不是西安出来的吗？”

“张楚，许巍。”稍微瘦一点的朋友补充道。

“对，许巍。”

就这么说了很多，从天还亮的时候说到落日又说到天黑，他们两个朋友给我们讲了他们各自的经历，讲去广州打工被骗得一毛钱都没有，从传销窝里逃了出来，硬是重新挣回了钱，开了家卖布的店铺；讲大学毕业找不到工作，借钱开了饭店，饭店没开几个月倒闭了，欠了一屁股债，又豁出去借钱做生意，又赔了一大笔，可现在也过好了，孩子上了小学。

我看向金多朵，她可能第一次接触，人世间有这么多艰辛与无奈。

他们讲，讲现在的生活，曾经对音乐的热爱以及带走浩子的决心。

浩子坐在旁边，一会儿看肯德基的可乐杯子，一会儿看金多朵。

分开时，金多朵像个大女人一样，跟浩子握手，说，“回西安，好好发展。有空我们去找你玩。”我知道她这个“我们”，指的是刘泽天。

我和金多朵下了地铁，一直沉默的多朵突然开口说，“人活着好难。”

一股酸涌进喉咙处，我知道，人活着好难，万事如意地活着更难。

她又问我：“你说爱情的事谁说了算？”

我看着 1994 年出生的金多朵，胖乎乎但漂亮的金多朵，从小到大只爱刘泽天的金多朵，我没有说话，没有回应她，只是迎着从地铁口灌进来的风往前走。

回到家，我给多朵发信息说：

“爱情这件事，谁都定不了，只有老天才能定得了。活着这件事，也靠投胎的运气，个人努力以及遇见什么人。”

“那人干吗呢？人在爱情中干吗呢？人能不能换种活法？”

“人在爱情中经历呀，顺着天命去经历一场场感受。就像浩子，你不爱他，他要承受这份不被爱的痛苦与你的离别。你爱刘泽天，不管他爱不爱你，你也得承受他给你的快乐和痛苦，甚至是离别。能不能换种活法，你得问自己想不想。”

她没再回信息。

8

后来我再也没有去过燕郊，刘泽天去西安看过浩子，金多朵没有。

从金多朵口里，我知道刘泽天和他的前女友在一起之后，又分了手，多朵陪刘泽天喝酒喝到天亮，周末刘泽天骑摩托车带着她逛了整个燕郊，沿着燕郊火车站的轨道走了好远好远。她生日时刘泽天给她写了一首歌，还在音乐会时唱了，还送给她一本书，还有另外一些为她写的曲子，还知道他们最终选定了要一起去支教的学校。

消息到这里戛然而止。

我从出版社离了职，忙到天昏地暗没时间过问朋友的事。和多朵联系，除了分享衣服化妆品，她从来没说起过刘泽天。

只是一天加班到很晚，地铁里有个弹吉他的小伙子在唱水木年华的《在他乡》，我拿起手机给金多朵发了信息。

“你们怎么样了？”

她立马发来了四个大哭的表情。

“我不能陪他走了，他的头像换成了一对婴儿的脚丫子。”

“什么意思？你的意思是他飞车载你逛燕郊时，其实已经领了证，结了婚，还是准爸爸？”

“我不知道。”

“你觉得他骗了你吗？”

“我不知道。”

“你还爱他吗？”

“我不知道。”

“你还守着他吗？”

她没有说话。我放下手机，往小伙子的袋子里投了五块钱，闭上了眼。

没想到，刚下车的瞬间，她发来了一长段文字。

“我从来都没有告诉过任何人，有一次他去长沙参加演出，把家里的钥匙留给了我，那是我第一次去他的家。那几天，我采购了一冰箱吃的，亲手包了饺子，熬了保鲜的蜂蜜柚子茶，还做了他最爱吃的芹菜花生，买了两箱纸巾，新的牛奶和鸡蛋，把三个月没刷的碗和厨房都收拾了，从楼下跑到楼上，搬着大水桶浇了他养的近30盆花花草草，不知不觉就很晚很晚了。

那里太偏僻我没敢打车，然后想起他说他总是在没有灵感和想到我的时候倒一杯酒，拎着吉他，坐在门口看星星。那天晚上，我就学着他，坐在门口的椅子上看着天山的星星和月亮，把音响开到最大声循环这首歌，抽了一晚上的烟，喝了一晚上的酒。”

我点开她发来的那首陈洁仪的《心动》，走在已空无一人的地下铁里，瞬间泪崩了。

我突然想起来，曾经有一段时间，多朵说要和我一起去泰国，在肩膀上刻个莲花文身，我说我肩膀有疤文不了。作为交换，她陪我去越南，我陪她去泰国。可后来谁也没能陪谁，越南是我一个人拎箱子去的。

前段时间，她和金妈去了泰国，拜了四面佛，看了人妖，在肩膀上刻了莲花文身，发朋友圈的文字是："你是认真书写的一笔一画，你是四海为家的回头牵肠，你是我南半球的年少风光，是我回不去的时光年少。"

我知道那首歌，我们曾经一起在天顶上合着浩子的吉他唱过，开头那句是：你是我飞越山川的大梦一场。

写到这里，我扣上电脑，嘴里不知道为什么咬了火车上脏得要死的浅蓝色被子，可还是用它捂住了嘴巴，火车上一片寂静，大家都睡了，只有铁与铁的碰撞声，我不能哭出声打扰这里的寂静。

我闭上眼，真的太累了，我需要睡觉和休息，我想明天一早醒来，会看到西北的一片荒凉。这是我一直在追求着的荒凉和孤独。

你最终会发现茫茫宇宙中所经历的事情不过是一场场梦境，从一个梦里醒来，又去做另一个梦，而唯一真实的感觉，是最后的荒凉和孤独。司机大叔说一切都值得，多朵最后也想说一切都值得，我不知道，我想，在梦醒来后，我们总会留下些什么吧，比如一些辨不清真假的感动和记忆。

这些感动和记忆，可能足以让我们对抗时间和苍老了。

苏二小姐

——放手吧，你不在他心尖上

1

我的苏二小姐终于从清迈回来了。

我真的以为她会在泰国买块地，然后找个大眼睛帅气华裔生一大堆猴子，永远地定居下来，再也不会回到北京这个伤心之地。可就在，大周一上午九点半，我刚挤完地铁一路小跑到达公司打上卡，连口热水都没喝得上，就接到她发来的微信。

我操，搞毛，你大爷的苏二！

苏二有小半年没有联系我了，一看到她头像上出现了红色的 1，刚放下包的我搓了搓眼睛，生怕是因为我想她想得严重，看花了眼。等我再定眼一看，那个红色的 1 还在，我急忙点进去。

“妞，老地方见。”

我激动得差点哭了出来，只有她才喊我“妞”，只有她知道我们的老地方，也只有她还和我去那个老地方。我一手抓起包就跑，脚踏在地板上整层楼都能听到哐叽哐叽的脚步声，没办法，我太胖了。在我大步跑到走廊另一头主编办公室的路上，我真的用袖子抹了几滴泪。原来我的苏二你他妈的还活着啊。

“王老师，那个，我，我老家的姨妈突然来了，她让我陪她爬长城。”呸，说完这个请假理由，吓得连我自己都倒吸了一口气，真想狠狠抽自己两巴掌。

我们的男主编刚端起水杯，目瞪口呆地看着头发飞起的我，他是不是在想我在整他还是在玩他，隔了 30 秒，经过大风大浪人间沧桑的他动了动鼻梁上的眼镜框，挤出来一句话：去吧，记得，多喝热水。

……

他最后一句说了什么？我没听见，嗯，我没有听见。我自我安慰着。

可一出大厦，呼吸了一鼻子新鲜空气，头脑还是猛地清醒了，真想一头撞死算了。

都是因为你，该死的苏二！

从二号线倒到四号线，坐了 14 站地铁，过了个天桥，又走了 20 分钟，终于到达我们的老地方——清华西门的蓝羊咖啡馆。

它在一个很不起眼的胡同里，窄窄的门走进去是个小院子，小院子很别致，古朴粗糙的大石头铺的地面，在门口处有一个喷水的石墩子，水从石墩子里流出来，流到院子里的小水渠里，几处绿竹，像在江南。这是我在北京唯一感到亲近的地方。

我推开小木门，苏二已经到了，坐在靠墙的角落里，身边放着她用了三年的白色小拉杆箱。

听到门响了，苏二站起身来迎我。

看到会走能动的她，真想把手放在她的脖子上，掐死她。可是我没有掐死她，我伸出双手抱住了她。紧紧地死死地抱住了我的苏二。隔了十几秒钟，我才放开她。

“我以为你不会回来了呢。”

“怎么会呢。”

“你走之后发生了很多事，你不知道，丁林那天晚上去找你，我说你没有回来，第二天他一直给我打电话问你去了哪里，一开始我说我不知道，他就来我们公司堵我，我又不能说你去了泰国，要在泰国买地定居，所以我只能跟他说你回了老家不再来北京了，欸，他好像还去了一趟你的老家。”我有很多的话要跟苏二说，刚咽下一口白开水，就嘟嘟噜噜把她走后的事情简单交代了一下，还有很多话想问她，却不知道该从何处问起，该先问哪个问题。

停顿了半天，只能问她，“你还好吗？”

“你看我好吗？”

“好。”我坐了下来，把包放在旁边的椅子上，又喝了一口水，一口气咽下去，几乎毫不犹豫地说。

2

眼前的她，你不用多问什么，就知道她过得很好了。

无名指上的戒指已经摘下，取而代之的是右手环上多了一串檀木念珠，以前的她从不戴这种木头珠子。她戴的要么是玉要么是水晶要么是金银要么是石头。她不信任何宗教，不皈依任何神。

走之前稍微有婴儿肥的脸被削了一圈半，除去多余的肥肉，脸部轮廓一下子清晰立体了，用她以前追求的状态来说，两个词：清瘦。她达到了。

人清瘦起来，真的会楚楚可怜，又真的会楚楚动人。

她的眼睛陷在眼眶子里，双眼皮更深了，像极了饥饿了好多年的难民，真想放一口大锅在她面前让她先吃饱。但苏二的眼神是安定的，也是坚定的，不知道她哪来的那股子坚定，反正也不再浑浑浊浊。头发也长长了，大大的波浪卷自由散落在淡蓝色羊毛披肩上。去年开春时，我们一起在东直门银座排了三个小时的队染的黄头发，也只剩下发尾处的一些晕染。

“来杯焦糖玛奇朵。”她凝视了几秒咖啡单后说。

“高热量的东西。”我半空中截住咖啡单，摁住她的手。

“现在无所谓了。”她抬起头，冲我诡秘地笑了笑：“两块慕斯杧果蛋糕，我想吃小抹茶，再来份抹茶饼，给你来一杯黑咖啡。”

苏二确实变了。以前的她很注重身材，不敢吃太多肉，不敢吃太多甜食，不敢吃太多油炸食品，她包里常放一个叫怎么灭杀卡路里的小本子，上面她一笔一画地记了一日三餐吃了什么，摄入了多少卡路里，如果哪天摄入的卡路里过多，第二天就只允许自己喝酸奶。

以前，不对，是认识丁林之后，她总爱穿很紧身的衣服，比如像现在深秋时，束腰的黑色连衣裙，紧身的高领毛衣（一抬手能够露肚脐的那种），各种紧身低腰裤，也喜欢踩一双7厘米以上的高跟鞋，鞋子颜色有红色、白色、宝蓝色、黑色。只要她来了，人还未到，你就能听到地板上的“哒哒哒”声。

和丁林交往时的她，不能说不漂亮，束身的衣服穿在她稍微丰满的身上更凹凸有致，高跟鞋的节奏敲在地上也坚定有力，再加上几层厚粉，从哪个方面看，第一眼见到她的人都会感觉这个姑娘漂亮自信，嗯，还年轻。

而今天的她却穿了一件微黄色的宽松袍子，袍子上绣着杜鹃花，玫红色的花朵在棉麻布上叠成一叠，肆无忌惮地盛开着，再配上一件淡蓝色流苏披肩，她就像是从画里走出来的异族女子，清瘦，五官精致，未施太多粉墨，素净的脸庞，让人感觉很舒服。

一低头，几撮小卷发调皮地跑到了嘴角处，她伸出小手指轻轻把它们别回耳后。

“你现在美多了。”我说真话。

“说得我以前不漂亮似的。”

“不一样。”

漂亮只属于一眼看起来让你眼前一亮的姑娘，可能第二眼这道劈来的亮光就会弱下来，对视不到 30 分钟，亮光就会完全消失，分开之后你可能想不起来她那张漂亮的脸。而美是持久性的舒服感，越看越好看，持久性的赏心悦目，而且和她们打交道的时间越长，你越感觉她们美，甚至，还能在某个瞬间被她的美震撼到，比如，一颦一笑，一个绾头发的小动作。

世上多是漂亮的人，但美的人，真的不多。

现在的苏二，是个美人。

3

其实苏二小姐，不叫苏二，她叫秦苏梅。乍一听，像个秦淮名妓。

苏二出生在苏州，出生时又赶上梅雨季节，她爷爷就给她起名叫苏梅，苏州的苏，梅雨的梅。本来挺有诗意的，但加上一个秦字，就沦落得有了风尘气。

在北方上学，因为远离家乡，南方姑娘总容易抱团，我们江南三人聚会小团体里，她排行老二，我们都喊她苏二。老大杨莎莎来自扬州，说起话来比谁都嗲，嗲来嗲去，毕业后怕在北京吃苦，又嗲回了扬州。留下的，只有我和苏二相依为命，租了月租三千七的一室一厅，她一走了之，你说我能不恨她吗？

上学的时候几乎每个月的第一个周一的下午，我们都会逃课来这里，苏二、我和我们的老大杨莎莎，三个人把一个月的零花钱往桌子上一摊，一块、五块、五毛，凑够喝杯最便宜的咖啡的钱。好像当学生的时候，超过50元的大钞从来不会在钱包里好生生地待几天。老爹刚打来生活费，隔了夜，躺在床上算一算自己想买的包包衣服，第二天睁开眼就觉得钱不够花了。

也不知道为什么学生时代怎么那么穷，我们都在拼命找各种兼职，挣的外快却只够买件zara的大衣，这还是在省吃俭用的情况下。

"你跟丁林联系了吗？"

"没有。"

"那你们将来怎么办？"

"他已经忘了吧。"

"可你走后，他急死了，把能盘问的朋友都问了遍，听说每夜都喝得烂醉，看起来不像不爱你的样子，而且他还去你家找过你。"

"我了解他，他肯定已经忘了我了。不信去翻他朋友圈。"

"我已经屏了他。"

"你可以去看看。"

"是你自己好奇吗？"

"哪还有那么多心思好奇，只是笃定了他会这样。"

我拿出手机，把他从"不看朋友圈"中解放出来，确实，丁林有了新生活，朋友圈里也有了其他姑娘，却不是造成苏二离开的那个姑娘。

苏二确实如她所说，没有什么好奇心，坐在她座位上没有凑过来看。我刷了几下，便放下手机，我呆呆地看着她，听她解释。

“你怎么知道丁林会这么快放下了？”

“傻丫头，好多人说爱你，可能连他们自己都不晓得是否爱你，有的人爱得夸张，有的人爱得低调，其实我第一次遇见丁林的时候，我就知道他不会深爱我，可能当初他对我只是有那么一点喜欢，一点好感，但我不是他会付出全部身心去爱的那个人。爱不爱，也是讲缘分的。

不过不幸的是，我却深爱上了他，我不敢穿平底鞋怕他嫌我矮，不敢吃太多怕他嫌我胖，不敢穿太宽松的衣服，怕在其他异性面前没了优势。那时候的我，爱得战战兢兢，每天总有一个时段想站在二十层高的楼上跳下去。他一不回复我的短信，我就想打电话跟他闹个没完。可我不敢闹，也不舍得跟他闹，我只能自己去哭，哭完了，他的信息来了，我就感觉自己傻，干吗这么斤斤计较，我试图说服自己，让自己放宽心，放宽心。可是第二次他又不及时回短信的时候，我又开始哭，却始终不敢告诉他。去年秋天他去苏州出差两三次，问我想带什么，我说我想吃老家的哑巴生煎包，可他回来的时候却忘了。你知道那种感受吗？跟他闹，自己嫌自己矫情；不闹，把自己憋出内伤。”

苏二从来都没有跟我说过这些，她在朋友面前永远是个太阳，闪着光的太阳。我以为她会和她的王子丁林结婚生子白头偕老，没想到突然有一天她说他们要分手了，她要去泰国散心，让我不要告诉丁林她去了哪里。

他们分手那天，正是她过完生日不久，我特别吃惊，怎么回事，是不是丁林喜欢上了其他姑娘？可我的苏二那么优秀，那么可爱，那么贤惠，那么体贴，如果我是男的，绝对轮不到丁林。丁林又怎么会喜欢上其他人？

我猜测了很多种可能，可都没有猜对答案。

“后来呢？”

“后来，后来我一直很没有自信，不对，从丁林向我表白的那一刻起，我就很没有自信。像你看到的，我变漂亮起来，爱情的力量让一个人变得向上，变得漂亮，变得更有光彩。有时候是真的，我真的开心，有时候是假的，我强装的光彩。”

“除了不自信，我变成了自己最讨厌最不屑的那种人，我开始从各种方面想控制丁林，怕他有别的女孩子，我搜他的微博，甚至找高中同学盗了他QQ密码，进了他空间，看了他上锁的相册。那段时间，我控制不了我自己，我不想让任何异性出现在丁林身边，只要有异性出现，我就会生出怀疑心，你知道吗？可能你不知道，那种怀疑心折磨着我，控制着我，让我做了很多傻事。”

“你会做傻事？”

“我会做傻事。我跑去他公司。”苏二笑了笑，“我想让他们公司的人都知道他是有女朋友的。有时候我会大声说话，故意提高嗓门儿，还在他面前撒娇，装嗲。很讨厌那样的自己。”

“可后来，你们还是分手了，是因为那个姑娘吗？”

“也不是。那个小姑娘，刚毕业，就像我们刚毕业一样，扎着马尾辫，每次见面她头发总是乱糟糟的，穿着运动服，还像个学生，但是丁林对她很好，每次吃饭，他总会提到她，我笑着听，心里却像被刀子扎过一样，一刀，两刀，有时候忍不住了，就跑到卫生间，流完泪，再出来。”

“他没有发觉吗？”

“他只是有点喜欢我，可我知道，在他心里面我不是全部，当你不是一个人的全部的时候，他根本不会感觉到你的变化。但是如果丁林有稍微一点的变化，我就能感知到。那时候，我的心里全都是他。他喜欢吃的每一样菜，他喜欢听的每一首歌，他喜欢抽的每一种烟，他喜欢穿的每一件衣服。甚至，他偶尔提及的想要的某个小东西，我都能记住。我也不知道为什么，但就是这么神奇，我真的都能记住。”

“而我的事情，我的变化，我哭过的眼睛，我的喜好，他察觉不到。可能他只感觉，欸，这个姑娘长得不错，很可爱，可是我没有长在他的心尖上，他只是有那么一点点喜欢我而已。这样的感情我不想要了，再维持下去，你知道，我这边肯定兵荒马乱了。当我生日的时候，他竟然迟到了一个小时，不过我还是安安生生和他吃完了饭，只是他不知道，那顿饭是我们最后一顿饭。我已经在心里面下定决心放弃，那天我要求他把我送回家，一路上我没有说话，其实这样不说话轧马路挺好的，我们就这么变老挺好的，有那么一瞬间，我犹豫了，可快到家门口的时候，他电话响了，电话那头虽然是男人的声音。可是电话响的时候我还是提心吊胆，我明白过来，我还是放弃吧。我心里面是害怕的，这种害怕让我说服不了我自己，或许是我性子的原因，或许是其他原因，我说服不了我自己，我只能放弃。我那时候想，与其说放弃他，不如说挽救我自己。”

这么说，没有什么小三，没有小姑娘，是我的苏二主动离开的。什么都没有。只是丁林不够爱她，而她又爱得太深而已。

4

我呆在停滞的空气里，心里被什么捅了一下，揪心地疼，却又不知道该说什么。

苏二讲完这些，眼角微微湿了，我想起我们住在一起的时候，大半夜她去卫生间，一待就是两个小时。我想起大晚上她穿着睡衣站在阳台上，脚踩着栏杆抽着烟，望着远处万家灯火，原来她不是在偷偷打电话，也不是装文艺范，她是太痛了。

蛋糕和咖啡上来了，我们都不再说话，两个人低着头用小勺子一点点挖着蛋糕芯。

大四那年，我们三个，就是在这里给苏二过的生日，从学校北门金凤呈祥点了个小抹茶蛋糕，三个小姑娘都不舍得吃太多，就用小勺子一点点地挖，吃到嘴里一口，抹茶的香味在口腔化开，苏二眯着眼睛说："我，秦苏梅，现在是全宇宙最幸福的姑娘了。"

那时候苏二也喜欢穿运动服，白色的帆布鞋，还喜欢挎着她那个破破的大帆布包。直到遇见了丁林，她由小女生变成了女人，我们都夸她越来越漂亮了，女人味了，总在她面前说，爱情总能使一个人变成另一个人。她只是傻笑，也不说话。

原来爱情里面，有开心也有痛苦，但好像痛苦总比开心多得多，只是谁心痛多一点、谁心痛少一点的问题罢了。在爱情里面，女人会为了一个电话、一个短信、一个哑巴生煎包哭得死去活来，似乎她们真的心小肠子小脑袋小，其实她们不是为了那丁点的小事而闹，她们闹的是存在感，闹的是你不在乎她。小事其实意味了很多，心是有预感的，男人不用说太多，她都明白的，没有一个女人是傻子。

是不是很多初恋，都因为这样爱得太深、抓得太紧，走不到最后？我不知道，也可能因人而异吧。

我的苏二，爸爸跑长途货车，去新疆运枣的时候出了车祸，那年她才两岁半。妈妈因为要在家照顾她没有出门跟车，她才不至于同时失去双亲，不过她四岁的时候，妈妈改嫁了，改嫁的时候把她带到新家里，半年后妈妈哭着又把她送回爷爷奶奶家。那年，苏二躺在宿舍的上铺，盯着她在天花板上贴的星星，讲了她的故事。我睡她的侧铺，她一直盯着那几颗因为吸了灯光就会在黑暗里发光的星星，固执得一滴眼泪都没有流。

她从小就跟着爷爷奶奶长大。她总是想把自己强行变成太阳，可能小时候黑暗太多了，没有法子，只能自己做太阳。这样的她，这样没有安全感的她，发现自己深爱的人只喜欢自己一点点的时候，记不起她生日、喜好，甚至察觉不到她的感情浮动，她没有闹没有哭，只是选择了一走了之。她总是这样，不想给任何人添一丁点的麻烦。

我不知道她小时候去妈妈家会不会也这样，在那个不属于她的世界，她把自己缩小到最小的位置，懂事，主动要求回爷爷奶奶家……她总是这样，体谅着好多人，却从来都不懂得体谅自己。“说多了，矫情。”她总这样说。

这个傻丫头，习惯性地把刀对着自己。她知道，丁林只是闹一闹，隔不了多久他也会明白她为什么会离开，她不舍得伤害他太多，而他也有自由去遇见自己真正深爱的人。

我的苏二，我好想抱一抱你，我不骂你了，也不会怪你了。

蛋糕吃完，咖啡喝光，在我们起身离开的时候，苏二皱起了眉头，她从包里掏出手机，“咔嚓”一声，她竟然在这里玩摇一摇，是不是情伤之后，她在泰国也这样玩？我不好意思说她，索性闭了嘴不说话。

隔了半分钟，她兴奋地开口说：“《淡水海边》。”

“什么？”

“这首曲子原来叫《淡水海边》。”她孩子般地笑了：“你知道吗，那次聚会，就是我和丁林第一次遇见的时候，餐厅里就放的就是这首曲子，特别特别好听，我记得丁林当初围了一条蓝色的围巾，傻傻地杵在那里望着餐厅里硕大的水晶灯。其实我早就看见他了，在他看见我之前我就看见他了，我偷偷站到了他的附近，故意通过他面前的镜子，让他看到了我……那天我戴了很好看的发卡，就是杨大莎走之前送我的，那个银白色像公主一样的发卡。现在想想，他可能就是因为那个公主发卡闪在镜子里的光，才看到了我。”

我鼻头一酸，握住了苏二的手。傻苏二，以后我们不要让自己总发光，因为有时候在暗处发现你的人，或许才是那个对的人。

“都过去了，都过去了，我们回家好吗？”

“好。”

苏二冲我挤出了一个笑，像天空里轻轻走来的棉花糖，纯纯洁洁，她还是原来那个苏二啊，我记得大四那年，她闭上眼睛许完愿望，冲我们挤出的笑，和现在的，一模一样。

我的苏二小姐终于回来了，一场爱情能让人脱胎换骨，苏二是自己给自己脱了胎换了骨。有过伤痛，也有过犹豫，但她还是坚定地放弃了。我相信我的苏二最终会遇见呵护她、懂她、把她放在心尖上的那个人，不管她小时候经历了什么，不管她性子里缺了什么，也不管她多么会伪装，多么没有安全感。

你也是，如果爱得太深太痛，就自己走回来吧，不必逞强地让自己在他面前换了一个人，接纳那个普通、平凡、质朴却脚踩在地上的自己，也接受自己的身高，自己的素颜，自己的一文不值。我们是应该为了爱的人努力变得更好，变得闪闪发亮，但同时也应该为了自己，做自己。

低下头，回到自己内心里去，完善内心里的那个小姑娘，阅读也好，工作也好，远行也好，把心里空的地方用努力一点点把它填满，让内心变得丰盛，不再惧怕任何东西。面对深爱之人的时候，坦然，不害怕，用力冲他笑。

我们都不是完整的人，但总有一个人，他会包容残缺不全的你，也会给你勇气。

希望你好，我的姑娘。

阿玖

——遇见你，我就已经知足

1

阿玖4个月大时，被放在茶树底下的木桶里，木桶的水很烫，玖玖边扑着想逃出木桶，一边哇哇大哭。大哭也是一种求救的手段，求五里地之外的外公赶紧回家救救她。水太烫了，还没来得及加凉水，便被心急的人扔了进来。

邻居站在篱笆门前，看见木桶里的婴儿憋得满脸通红，用脚狠踢篱笆桩子。

“你个黄玉芬！黄玉芬！你家孩子快被淹死了你他妈的出来看看啊！”

听到有人在喊，阿玖哭得更凶。

“黄玉芬！你个臭丫头你快出来！”

一个年轻女人气咧咧推开门，手里拿着一个灰毛巾，毛巾不是用来包裹玖玖的。

“就给她洗个澡嘛，看跟杀猪似的。”她把灰毛巾甩进木桶里，热水花溅了玖玖一脸，阿玖不哭了，从那么一点点大的时候，她就知道惧怕。

邻居回了屋，也没有多说什么。跟黄玉芬多说一句话，也会招半个月的闲气，要不是听到小阿玖哭那么长时间，谁也不想多管闲事。

“哭哭哭，就知道哭，跟你爹一样。你就不能争点气，别让我在这山窝窝里受气，要不是为了你这个小丫头，我早就……”

都跟傻了似的，和4个月大的孩子争什么气？在开水里憋着不哭？

那天晚上，外公很晚才回来，手里提着两只兔子，放上葱花、花椒、枸杞、盐、酱油炖了炖，嫌肉太少又放了两根白萝卜。

萝卜兔肉汤，这种奇怪的组合，是黄玉芬从小吃到大的，第一次吃的时候她把盆里炖得软绵绵的萝卜吃得干干净净，留下兔肉说，“它们太可怜了，我吃吃肉味就好了。”

那一年黄玉芬才7岁。

这一天晚上，她吃了三分之二的兔肉，剩下半盆萝卜推给老爷子，“我知道，将来可能不能孝敬您了，可我也没办法，谁都不怪就怪我命不好。您也不用担心我，我还年轻。我还有的是希望。”

“把阿玖留下，学你上不上我不管。”

“她那么小你怎么带？”

“你以为你生下来就会怀孩子作孽啊。我能养你，养不了阿玖吗？”其实对阿玖的到来，黄玉芬无所谓，她好像什么都无所谓，无所谓毕不毕业，无所谓成没成家就生孩子，她只是太迷恋爱情了，只要有爱情，单身妈妈这个牌子对她来说也是无所谓的。

第二天，阿玖不洗热水澡了，夏天也走到了最后一天，山上的野雏菊野蔷薇落了一簇又开了一簇，在夏天结束之前，新生的骨朵还在拼了命地折腾。

外公不忙的时候，会抱着阿玖去山坡上看花，俩人身后跟着一长串的羊，羊身后是零零散散的羊粪蛋蛋。蹒蹒跚跚会走路了，阿玖就喜欢一脚踩上去，然后抬头看外公，坏坏地笑一下。

“咦，你咋跟你妈小时候一模一样。”

阿玖还不会说话，还是坏坏地笑，提示外公，她干了件坏事，做了次坏人，看你咋办。

可能从很小的时候，她就开始记事了，多么神奇，在很久很久以后，她还记得山上暑气未消的余热，记得红红绿绿的野花，记得夕阳洒在小羊羔身上的暖黄色，记得外公抬起的大粗手又放下来。

2

四岁半的时候，阿玖长到了灶火沿那么高，点点脚，就能看到锅里翻来覆去的绿茶叶，她瞪着大眼，看着外公松了褶子的皮肤下暴着青筋。后来，这种肌肉里的青筋便会产生一种奇妙的生理刺激，她觉得那是强大的男性所该持有的神物。

现在阿玖可以帮忙干活了，可以搬茶筐，可以扫地，可以领着小羊上山，可以拍一拍篱笆桩子给邻居送刚出锅的青团。

这一年的清明节，黄玉芬回来了，她四年之间竟然老了那么多，其实也刚刚24岁吧，可斜看正看她那张脸和身子，都不像24岁女孩该有的脸和身子。

她回到家，让阿玖喊妈妈，阿玖就躲在外公身后面，用力拽外公的衣角，一句话都不说。

“真像他，真像他，一看到阿玖就看到他了。”

“那又怎样，该不要你的还是不要你。叫你好好上学，好好读书，你却大着肚子回来了。”

“现在不好好的嘛，你看阿玖她长得多漂亮，他们家就没这么漂亮的孩子！”黄玉芬看玖玖就像半个月没开荤的豹子看到孤身的小牛犊一样，是现成的饱餐，是不费力的换取，是活下去的新希望。

“你跟那人还没断？”

“断了断了，我现在在开茶楼，很有名的，有时间带你和小阿玖去逛一逛。”

4年多没回过家，钱一直没断过，可这个家没钱也能活下去，不需要她的钱。而黄玉芬除了钱，什么都给不了。人一活得脱了线，都以为只有钱能给予一切。

“我想带阿玖去城里。”

“去城里干吗？跟你去挣钱？”

“可她该上学了。”

“还早着呢。再过几年。阿霞家的孩子比她大还野地里光屁股跑呢。”

“城里小孩像她这么大都会说英语了。”

“英语是什么东西？”

阿玖吃了一点东西早早爬到床上睡觉了，家里第一次有穿高跟鞋的客人来，还涂着很红的口红，给了她很多很多好吃的。可不知道为什么，一看到这个洋气的女人，阿玖就觉得怕。

清明节后，她来了一趟又一趟，每一趟都让外公性子起变化，玖玖能感觉到，他走路的时候经常停下来，他搬茶筐的时候经常发愣，他做的饭也多了股煳味。

还有就是，晚上拉灯绳睡觉了，他还会跟玖玖说很长时间的话。他说玖玖小时候多烦气捣蛋，又说玖玖多懂事听话，就那么几年的时间居然让他记得这么多事。说完玖玖的事，没得说了，他又开始讲他的事。

外公讲他有三个兄弟，一个战死了，最小的一个逃到了台湾，现在音信全无，讲她的奶奶在逃荒中饿死在了安徽，讲她的小叔叔长到四岁，和她差不多年纪，也饿死了。还讲她的妈妈，说阿玖的妈妈小的时候最喜欢往山上走，一下完雨就跑到山上挖笋子。

“谁是我妈妈？”黑暗中，阿玖抬起小脚丫，用手勾着脚跟，不停地晃啊晃。

“睡觉。困死了。”只要一碰到妈妈这个词，外公就会说“困死了”。

好像所有的事都说完了。等黄玉芬来第 20 趟的时候，玖玖被带走了。

是硬生生地带走的，她都没想用骗的办法。中午，黄玉芬抱起睡着觉的玖玖，放进车里的时候碰到了头，醒了。以前睡醒的阿玖第一反应是找外公，外公会拿零嘴给她吃，吃了零嘴就不哭了。

可这次玖玖醒来是在黑黑暗暗的车子里，车窗关了，玖玖在里面，外公在外面。

听到玖玖哭了他返身回了屋，阿玖的小肉手在窗子上不停地拍啊拍，黄玉芬跳上车，连再见的话都没说，噌一下子把车开走了，车烟里挥着橘子的外公追上来又被甩得越来越远。阿玖把这辈子的怒吼都喊出来了，邻居都跑出来看，看她阿玖被带走了，看这个老人只剩下他自己和破房子。

4 岁的阿玖靠着窗子哭了好久，脑门暴着青筋，脸也憋红了，和 4 年前她在木桶里扑腾时一模一样。

黄玉芬一句话都没有，双手紧握着方向盘，这是她这辈子除了生阿玖外，唯一一次发那么大的忍耐力。

3

黄玉芬的茶楼卖茶也卖肉，所有的男人都知道那条街在干什么勾当，前几年生意做得明目张胆，近几年大家不敢了，女人该回老家的回老家，换城市的换了城市。黄玉芬本来也想换个城市东山再起的，但看到阿玖后，她不了，把阿玖放在茶楼的前台，放了几个月。

阿玖还不知道为什么茶楼里客人只有男人，每个人来了都会给她带吃的，但阿玖从来都不贪嘴，只吃一点点，然后把大部分的零嘴都藏在床下的盒子里，她想等见到外公，分给外公吃。

有一天，来了三四个女客人，四五十岁的样子，一脸蛮横与富贵气。她们走到前台，瞪着正在吃棒棒糖的阿玖。

“你妈是不是叫黄玉涵？”

阿玖摇头。她妈是黄玉芬，每次吃饭前都被这样教训，重复完这句话才能吃饭。

“怎么会不是，你看这小家伙长得多像小智。简直一个模子里刻出来的。”

“看来果然都是真的，这个贱女人还是偷偷把孩子给生了下来，当时不是让人弄死了吗？怎么还冒出个活的小杂种。”

“妈，有客人来啦！”听她们在嘴碎，阿玖跳下椅子，冲着二楼喊道。

黄玉芬从楼上探了探头，又转身回去，一分钟后，化了妆下楼。

“阿玖，你去陈阿姨家玩，晚上我如果回家晚了，让陈阿姨给你开门。”她把钥匙交给玖玖，玖玖接过钥匙，便跑出了门。

“她那么小，你让她在街上走？”

“我们贫贱人家的孩子命大。”

“事情都过去了，说怎么解决吧，孩子跟着你过这样的日子总不是个办法……”

凌晨两三点黄玉芬才回家，玖玖睁开眼，看见她脸上满是伤，她伸出小手摸了摸妈妈的脸，那是第一次触摸，也是黄玉芬第一次低头对玖玖笑。

“阿玖，我们终于有家了。”

4

黄玉芬说的“有家了”，其实是有了套莫愁湖边的房子，房子不大，但两人住绰绰有余。

14 岁的阿玖已经上了高中，比她大两三岁的孩子还要高挑，黄玉芬虽然漂亮，但阿玖生得更美，那种美是所有人都一见倾心的，皮肤像玉脂，鹅蛋脸，细细的眉毛，略微高起的额头，上翘的嘴唇，浅浅双眼皮下是天然的黑瞳，还有黄软的长发。

阿玖真的很像父亲那边的人，一直忘了介绍，她亲生父亲姓刘，叫刘正念，长这么大，她从来没见过刘正念，总是从别人口里听刘正念的故事。刘正念 20 岁就成了她的爸爸，却跑到美国再也没有回来过，他在美国有另外一个家，那个家里有两个弟弟和一个小她十岁的妹妹。

每月阿玖会去大宅里汇报学习成绩，她和妈妈的开销也和她的成绩挂钩，从很小的时候她就开始做生意，用自己的成绩交换生活费。

虽然还是要和往常一样去大宅子里汇报学习的情况，但 14 岁的夏天总有那么点不一样，黄玉芬在和一个富商谈一场轰轰烈烈的恋爱，阿玖有了她的小自由，去哪里没人问，吃什么没有人管，回不回家没有人知道，暑假一到，她还可以一个人背着书包坐很长时间的车去看外公。

外公的小茅草房好像更低了，碰上雨天需要用更多的桶和脸盆来盛雨，院里的茶树好像也变矮了，阿玖不用踮脚，伸一伸手就能摘片叶子含在嘴里，萝卜继续在后山的田地里种着，只是萝卜炖野兔换成了萝卜炖鱼，外公老了，追不上野兔子了。

一到夏天，整个山都被雨水遮着了，但雨不会下得很大，只是朦朦胧胧的，水汽在山边形成白色的薄丝带，将住在山脚下的村民，都笼罩在整个雨季里。

一般到傍晚的时候，雨会稍稍停下来，天空会出现灰云层与白云层交替的蓝色，偶尔也会有颜色很纯正的彩虹。阿玖很喜欢待在这里，上午她会依着木门看书，复习功课，中午给外公做饭，吃完饭午睡到四五点钟，然后迷糊着双眼穿着布鞋去湖边找外公。

外公已经从 60 多岁的老头变成 70 多岁的老头，有一段时间，不对，是整个小学阶段，她都没能回来看外公，一直寄养在父亲的姐姐家里。再次见到外公时，阿玖突然发现什么是苍老，人居然可以一下子老得这么快，短短的几年时间，外公的手臂上没了青筋，皮肤松弛折叠，老年斑像不小心溅到皮肤上的墨，一块，两块，一片，两片，泼得太多。

阿玖伸手去摸的时候，外公会说，“你看，我都成花斑狗了。”说完祖孙俩都笑开了花，站在旁边看外公钓鱼的大山也跟着咧嘴笑。

大山一直没机会走出这座大山，长到十岁的时候变傻了，人清醒的那些年岁，还经常带着阿玖玩，有时候牵着她的小手去山上放羊，有时候俩人蹲在地上玩蚂蚁。阿玖 4 个月大被洗热水澡的时候，他会摇醒母亲，说阿玖要淹死了。

这些阿玖都不记得了，大山也不记得。只是长成大姑娘的阿玖一回来，大山就更黏着外公了，外公去钓鱼，他会陪在外公身边好几个小时，外公去镇上买调料，他会骑着车子载外公去。他们以前关系也很好，但没有这个暑假那么好。

但大山从来都不跟阿玖说话，他不敢跟这个漂亮的小姑娘说话，别说说话，就是这个漂亮的小姑娘一看他，他也会马上躲开，躲在外公身后面，当小孩。

5

暑假过完了，过得安宁与平淡，30 多个日子，回想起来就像一个日子，简单到可以重叠到一天里。没有什么大事发生，也没有什么给成长烙下印记的事情发生。可阿玖说，后来回忆这段时光，自己就想用很多很多精彩的日子来换取。

返回学校后，阿玖开始升入高中，开始没日没夜地学习、考试、复习，大宅子那边只定期送来生活费，每月末会去大姑姑家吃顿饭，妈妈则两三个月来学校见一次她，有时候黄玉芬自己来，有时候带着新男友。

自从有了“家”之后，黄玉芬关了茶楼，用积蓄开了一家真正的茶叶店，生意不温不火也不赔钱，相比而言，她的恋爱却一茬剪了又有新的一茬长出来。对于这些男人，阿玖甚至连名字都记不住。该办的事情在外面办，很少带他们回家。

但这次好像不一样了，她带着吴枫来学校看过她一次，临近冬天，又和他一起送过一次棉衣，过年的时候，吴枫出现在她们新年饭桌上。

外公一句话都没有说，阿玖也低头不说话，送进嘴里一口腊肉，一股纯正果木的烟熏味溜进口里，阿玖闭上眼点着头品这久违的美味，腊肉是大山上午端来的，加上几束蒜苗，稍微放一点点油热炒一下，整个小房间里都是烟熏的腊肉味。

在大宅子里，阿玖早就锻炼出一副两耳不闻身外事、一心只吃手下菜的闲心，但她没有发现一双眼睛总是在盯着她。那是大山从院子外，透过窗子射进来的眼光，看阿玖吃得香，他想再去家里多偷几串肉来。

6

时间对年轻人总是不经意的，转眼间从寒假又到了暑假，期间生活有了很多变化，妈妈来看阿玖的频度越来越高了，后来干脆让她搬回家住，阿玖提着行李站在家门口时才发现，那个曾经只有她和黄玉芬的家，已经多了一个男人的各种物件。她第一次和除了外公以外的男人，近距离接触。

回家的当晚，阿玖第一次来了月经。

当她一觉醒来，发现两胯之间湿湿的，全是血。她盯着看了好久，还用手去碰了碰沾在腿上的血块，这是子宫的壁膜，将来肚子里会有个小生命在这个膜里面睡觉。清晨薄薄的阳光透过窗帘轻轻缓缓地走进来，它不知道这一天对于少女阿玖多么地特别，它也不知道自己怎么就有了另一种光，不同于阳光的光。阿玖看着指尖的血，那血在光下竟然晶莹剔透。这是成长变化的意义啊。

最后她站起身，走到黄玉芬的卧室，从床头柜找出半袋卫生巾，抽出两个，又把剩下的放了回去。她看到了他们的睡姿，黄玉芬抱着吴枫，吴枫蜷缩着身子，给了黄玉芬一个后背和脑勺儿。阿玖摇了摇头关上了卧室门，可她还是希望妈妈能够幸福，虽然幸福这件事情的概率小之又小。

这一天，对于阿玖都是新奇的，第一次去商店买卫生巾，第一次撕掉卫生巾上的胶贴，第一次感受到两腿之间多了软绵绵的东西，她喜欢用厚的，有一种说不出来的安全感。

本来她坐在马桶上很长时间，想着要不要把带血的卫生巾包起来扔进小区的垃圾桶，考虑了很长时间，还是没有，虽然这一切都是她第一次经历，但那天她不漏声色，连妈妈都忘了她的女儿第一次来月经。

那天晚上吴枫比往常多做了一锅粥，放了很多红糖，很甜，阿玖从来都没有吃过这么甜的粥。

7

两人结婚后，阿玖又搬回了学校，仿佛她在家的那几周只是走个过场，表明她接受了，愿意了，家里有新的人出现。

与往常不同的是，吴枫会去学校给阿玖送饭，也会给她送一些新衣服鞋子，会提议要不要去商场逛一逛“给自己买点好东西”，阿玖摇头，说，“不了，学习太忙。”

她能感觉到吴枫在一点点逼近她，高二下半学期，学习成绩很好的她突然申请调入美术班，老师劝说了很多次，黄玉芬却很欣喜，因为当年她就是在画室里遇见了阿玖的爸爸，那个清秀如水的公子哥，谈了一场轰动全校的恋爱，有了下一代人的阿玖。

调入美术班后，阿玖便随着学校的大部队去了北京，在中央美院附中开始了专业的画画学习，在北京的日子安静却浮华，阿玖的课外老师是一个美院上大三的南方男孩，他搬出了学校，在附近小区的地下室租了两个小房间，一间自己住，一间当画室。

那男孩叫陈海宁，手指修长，脸庞干净，靠近时能闻到他身上那股淡淡的肥皂香。他每次落笔时，阿玖都会屏住呼吸，看他手臂上因用力凸起的青筋。起初她不理解，为什么自己一看到他专注画画的时候，自己怎么这么激动，激动到想在他破旧昏黄的小屋里大跳大唱，隔了很长时间，她才意识到那青筋的刺激来自小时候。

陈海宁总是站在小区门口等她们下课，北京的黄昏很美，偌大的城市四周是被人遗忘的山，如果去掉这些高高的建筑，夕阳直接从山那边飞来会更美。阿玖穿过夕阳，阳光打在她细碎的头发上，那天她特意扎了两个小辫子，穿上新买的浅绿色碎花裙，陈海宁隔着马路看着向他走来的小姑娘，心想：“14 岁，14 岁太小了。”

整整两年，他们的世界里只有炭笔、画板、白纸、颜料，阿玖也从 14 岁长到 16 岁，陈海宁毕业之后仍然住在地下室，白天去国贸给人家画卡通头像，晚上回来教学生，学生里只有阿玖待的时间最长，她把省下来的零钱都交了学费，吃了两年泡面，每次路过麦当劳和肯德基，她都会站好久，觉得里面的人简直就在天堂。

8

我遇见的阿玖，已经 34 岁了，感觉时间真是一件神奇的东西，它让身体一步步发生变化，本来小小的柔软的四肢变大变粗变僵硬，原本活力满满的血液与器官变慢变老，没有什么是时间改变不了的。包括感情、心智、人的状态。

那晚我们躺在大竹床上，中间是她微微打鼾的孩子，房间里有窗外野草的香气，我们轻轻地说了一夜的话，大山深处几只鸟唤着凌晨快快到来。

“外公在我考上大学的那一年去世了，等我回到北京准备入学时，海宁哥已经不在那个地下室，也不在北京了。”

“我就一个人在北京念了四年学。现在特别感谢吴枫。他和我妈妈离婚后来北京找我，那天晚上我陪他在中央美院逛到很晚，他没对我做什么。而在那一晚，我决定第二天跟海宁哥表白，但一大早就收到了外公去世的消息。有时候我就想，可能那天晚上外公一直在我身边保佑着我。”

说完这些话，阿玖睁开眼。

那时我正侧着身子，两手放在耳侧看着她月光下脸庞的轮廓，像个完美的剪影画。

“后来我再也没有见到过海宁哥，我想他那时也是喜欢我的吧。再后来我一毕业就嫁给了现在的丈夫，生了孩子，买了这个茶园，接待接待你们这些年轻人。我很少跟人讲起我的故事，但不知道为什么，从你提行李箱进来的那一刻，我就想讲给你听。”

我也觉得好满足，在台湾待了七天，喜欢这里的原始山景，喜欢台湾人缓慢的生活节奏，说话口气里带了儿化音，给人软绵绵的放松，阿玖没有儿化音，我注意到帮我搬行李的司机也没有儿化音。

“大山是跟你来了吗？”

“睡吧，明天还要早起爬山，路上再跟你讲剩下的事。”

说完，她闭上了眼，连呼吸都没了声音，整个房间出奇地安静，而我仿佛经历了一场别人刚做的梦，一切都异常清醒。

第4章 寻找自己

我说，起起伏伏，都是平常，而生命得有裂缝，光才有机会照进来。

力量

——你说，要做一个有力量的人

在马来西亚转机时，我一个人拉着行李箱，背着沉沉的大背包，匆匆从一个机场奔往另一个机场转机，可是绕了一圈又一圈都找不到转机的通道。

问机场人员能否带着我过去。她说不可以，你必须自己过去。其他什么都没有解释。

如果在国内，即便她不会帮忙也会让同事帮忙领过去，习惯了被帮助，也习惯了求助于人，但在那一刻，飞机还有半小时就起飞了，她说，“你必须自己过去。”

然后开始指路：Turn Right，Go Straight，Then，Get The Two Floor，Find Your Flight

那时候顿时生出了很多力量，记住了她说的路线。

那是我听过的最长的一串英文，重复着简单的指向词，就提着箱子飞跑起来，穿过穿校服的眼睛大大的马来人小孩子，穿过戴着毡帽的印度人以及戴着面纱的穆斯林。在坐上轻轨线的时候，车门关闭，我冲过去帮助一个老人，帮他把箱子抬到放置架上。

刚坐下，他微笑着告诉我说，他心脏刚做了手术。

啊，不客气，不客气啊，我只是看着你的动作有点吃力。

在三分钟前，我还懦弱、害怕，想寻求一个人帮我引路，三分钟后我竟然帮助了一个恰好需要帮助的人。他问我是做什么的，我想了想说 Writer，他惊奇地“哦”了一声，问我是不是在旅行找灵感。

我说是。

他说在哪里能读到我的文字，我说还没有英文版，也没有中文版。他说只要你写下去，早晚他会看到的，在封面上用你的相片。

我说好啊。

突然他问我，你会去环游世界吗？你会去环游世界记录一些 interesting 的事情吗？我说会啊，maybe。

又是三分钟，门开了，我跟他说了 byebye，他站起来拥抱了我，说很高兴遇见你。

我提着箱子背着背包又跑了起来，最终我找到了那间飞国内的候机室。

当我大汗淋漓地跑过去，一群可爱的兰州人，像在那里等我好久的家人一样。其中一个个子高高鼻子高挺眼窝深陷的兰州男人一直看着我的眼睛笑，问我，你也坐这趟飞机吗？我笑着说，是啊，我也坐这趟飞机！

你说，要做一个有力量的女孩子。我站在桥边，桥下面是像从山顶奔出的源水一样的快速车流，每个车子里面都有人，奔着家的方向，宾馆的方向，聚会的方向，每一个有人等待的方向。

你伸手把我的头发捋了捋，5 月的天里，北京晚上的风还是很大啊。你说，要活成你活不出的样子，去经历，去创作，去遇见配得上你的人，去做一个有力量的人。

如果镜头拉远，再拉远点，你会看到头总是昂着的，嘴角总是上翘着的，脚步总是迈得很大的，走在人群中又不属于人群的那个倔强的我。

昨天参加熊亮的绘本发布会，他也说到力量这个词，他说力量是种内心的平静，持续投入地做一件事情，当别人反对的时候，你仍在坚持。

可能力量就是这个样子吧，需要太多的倔强，也需要太多的不顾一切。

对，我也很喜欢你

那一年我 21 岁，刚来北京半个月，在安定门的皇城国际八层上班。每天下午五点半下班后，我会提着包，穿过地坛西门的过街天桥，再过一个环城河上的桥，去公交车快 3 线的枢纽站等公车。

安定门是首发站，有时候要排很长的队等空车，如果来得巧的话，只有零星几个人。我忘了那天我有没有从队尾排到下一辆车来，只记得我刚坐下他就走了过来，什么话都没说，就冲我笑，我也昂起头，冲他笑了。

“我可以坐这儿吗？”

“可以呀。”

他快 40 岁了，留着平头，双眼皮，眼睛很大很亮，笑的时候我也忘记了有没有酒窝。

当时我坐在靠窗的位置，每天我都会坐在那个座位，南边后排靠窗的位置。虽然来来回回看同样的风景，但也看不厌。那时我刚来北京啊，对什么都很新鲜，安定门、蒋宅口、安贞门桥北、炎黄艺术馆，直到现在我都能背出每一站的名字，认得清每一座建筑以及没有建筑物时出现的草地和树。

我像往常一样一只手垫着下巴，趴在车窗沿数着路过的大厦、商店和槐花树。一站到了，上来了很多人，他往里移了移身子给站在车廊里的人让空，然后又抱歉地冲我笑了笑，我也冲他笑了。

他说，你笑起来像朵花，有没有人告诉你你笑起来像朵花。

我第一反应是摇摇头，然后又大笑起来。

他又说，真的像朵花，很漂亮，你嘴巴很漂亮，眼睛也很漂亮。

我也不知道为什么，对于他的话一点反感都没有，又大笑了起来，两个人竟然聊起了天。他问我哪里的，问我来北京多长时间了。我说刚来两周，我问他北京哪里有好玩的。然后他就从城南讲到城北，又从城北讲到城东城西，然后他问我多大了。

我害怕起来，小声说很大了，我都 21 岁了。

那个时候我觉得人过了 19 岁就很大了，过了 20 岁就已经不能犯任何错误，别人也不会原谅你犯的错误了。所以 21 岁的我，刚入职场，每天都害怕挨批评的我，总觉得 21 岁是很大的年纪。

他说，天哪，我以为，我以为你才十二三岁，你看起来好显小。

是，临毕业前穿一身睡衣去逛街，店老板以为我是个小学生。

他说，如果知道你那么大了，我就不会和你说那么多话了，也不会说这么唐突的话。

说着，他又笑了起来，我也觉得好好笑，两个人一直笑啊笑，笑到了天通西苑南站，我站起身，他也站起身，那一站特别特别挤，别说上车了，就是下车时如果不拼了命往外走，也根本下不来。

我拼命挤出来的时候，发现他也下了车，然后两个人又开始笑，哈哈哈，

哈哈哈，都不知道有什么开心的事情。

还没走到天桥，帆布鞋的鞋带开了，我弯下身把包放在地上系鞋带，他说，穿帆布鞋真好。

那时候我 21 岁，每天穿深蓝色的破帆布鞋，牛仔裤和蓝色的方格子衫，留着超级短的头发。你看过《奋斗》没？剪头发的时候，我指着长长的头发说，剪夏琳的发型，超短的那种。我都不敢去想那个时候的自己。为了前男友来北京，来了之后发现他去非洲做外交官了。说来搞笑吧，就连我自己都觉得好笑。

上了天桥，我往右走，他应该往左走，去天通西苑那边，可是他又跟着我过来了，问我有没有吃饭，我说没有，他说要不要请我吃个饭，我笑着说，不用了。

我忘了最后又说了什么，后来我们去了龙德一层的麦当劳，点了一份巨无霸，对，就一个，他掰开，分给我带酸黄瓜的那一小半。

那天，我们坐在靠墙的狭窄的两人桌边，一直聊啊聊，你都想象不出来我们都说什么，他竟然把他前半生所有的事情都告诉了我，我也一口气把我 21 岁之前经历的事情都告诉了他。

他跟我说他年轻时的梦想，他在日本留学时端盘子打三份工，他和他老婆的相遇，他有一对双胞胎儿子。我说我本来想去上海的，我说我前男朋友没了，我说我的理想是考外交学院，然后做个政治家或去非洲支教。

我们还谈到了什么，好像谈了好多好多。谈到梦想的重要，说人可以什么都没有，可以穷，可以残废，但只要有一点点智商就该有梦想，并且要为这个梦想一直努力着。他说如果你想做外交官就去考研，一定可以成功的。

我们还谈了各自的自卑，我长得矮，没有钱，从小给到爷爷奶奶家，妈妈不太喜欢我。他说他也很自卑，觉得自己长得矮，不好看，年轻找对象的时候都不敢跟女孩子说话。我说不会啊，你很高，也很好看。他说我个头适中，钱早晚会很多。

我们还谈了辟谷，还谈了如何保持专注，如何把想要的东西变成现实，他说每天早晨幻想一遍想要的事物，一遍遍地想，早晚有一天，它就会到你身边。

我们还谈了如何锻炼自己的意志，他说，将来不管你遇到多难的事情，都要坚持住，不要放弃，咬咬牙，记住我今天说的话，咬咬牙，坚持住。

他说如果将来遇到不开心或者很难的事，就去找他，他说带我去剧场，去看一些美术的展览，去认识他的朋友。我说好。

我们还说了很多很多，一直聊到晚上十二点，我心里竟然对这个陌生人一点点害怕也没有，很神奇，反而觉得很亲切。

十二点多了，就剩下我们俩人，很显然两个人因为聊得太多，过度兴奋，走出麦当劳店的时候，他跟我说了这么一句话，“我相信，你会永远都记得这个晚上，并且记得我对你说过的每一句话。”

我笑，他也笑，然后说了再见。之后再也没有见过面。

其实我们留了彼此的电话，我没有联系过他，他发过几次短信，可后来我的手机丢了，我现在连他的名字都不记得了。只记得他是北影的老师，那天他正好去安定门办事，车限号，所以才会坐那趟快 3，来北京二十几年，他都没有坐过那趟公交车。

当我躺在乌兰察布金建酒店的床上，把这次相遇告诉同行签售的冒月老师时，窗外是滂沱的大雨和想炸开天的闪电。

我告诉她："每当我遇到不开心的事情时，每当我不自信觉得自己笨死了还不如去死时，每当我遇到不喜欢我的人时，每当我遇到特别艰难的事走在马路上想大哭时，每当我绝望到已经在大哭时，我都会想想他跟我说过的话，他说我笑起来像朵花，第一眼就让人很喜欢。"

"我想以后任何的诋毁、嘲弄、不管别人还是我自己对我的否定，我都能扛过去。因为我觉得那都是假的，因为有人说过我第一眼就让人很喜欢。"

我好像是攥着拳头说完这些话的，闫月老师挺直了身子，说："对，是这样的，你做得对，我也很喜欢你。"

那一刻，我觉得幸福极了，原来幸福就是心里满满的感觉啊。

未来的道路，肯定还会有很多时刻想要放声大哭，很多时刻想放弃自我，会感到不安，恐惧，绝望，没有任何希望。但我会走过去的。

这也是为什么我会经常说一些赞美的话，因为一句相信的话，真的可以拯救一颗心，可以等来奇迹以及转机。

生命有裂缝，光才有机会照进来

1

那个夏天，我在写一部稿子，不用去上班，每天六点钟被猫头鹰闹钟叫醒，起床、洗漱、提溜着长长的睡裙跑到堆满杂物的天顶，坐在小板凳上，开始画绿植和花。

清晨的北京城寂静无声，城市总在九点之后才苏醒，那时候一朵属于热带的鸡蛋花已画完，湿的头发也干透了。下来换上一身宽松的衣服，把笔记本电脑，厚厚的书摘本，笔盒放进包里，从北大西门坐半小时的公交车，就可以到国家图书馆。

每天，我从公车上跳下来，走过卖旧书、钢笔以及手机壳的过街天桥，来到国图对面的蛋糕店，买一小瓶酸奶和一长条粗粮面包。酸奶是浅粉色的草莓味，用透明的玻璃瓶装着，面包是黑栗色的，咬一口，会流出甜腻腻的巧克力。我喜欢黑面包表面的那种粗糙感，总觉得生命粗糙了也是种健康。

国图一般九点钟开门，到的时候已经九点半了，因为是工作日，早来的人不多，不必慌慌忙忙去占座。水和食物不能带入馆内，只能站在门口把吃的塞进嘴里，在那段等着进门的时间里，我听到面包与牙齿互碰时发出清晰的簌簌声。

这可能是我人生中最宁静的一段时光，一切都在缓缓地进行，没有纷乱，没有压力，没有进度，只有种恍惚，时间静止了，这个时候我可以在书海里慢慢悠悠一辈子。

后来看《小森林·夏秋篇》，当市子流着汗咔嚓咬了一大口西红柿时，忽地就想起我在国图门前啃面包，听到面包与牙齿碰撞声的情景。

那段时光，没有牵涉到任何人与感情的时光，简单得就像生活在森林里，只不过这片森林长的不是树，而是书。

也就是在那个夏天，在那段宁静的时光里，我遇见了麦依依。

2

其实，如果你在国图多待几天，就会发现它和大学图书馆一样，身边坐着的总是那么几个人——每天读《斯大林传》的老大爷；胡子拉碴霸占着电脑的流浪汉；备考国考司法考的中年人；还有麦依依。

麦依依长得不好看。

皮肤糙了点，有雀斑，单眼皮，鼻子小，嘴巴却很大，嘴巴大的缘故是因为有龅牙，两瓣厚嘴唇总是触碰不到一起，不管是说话的时候还是她沉默的时候。所以每次和她对视，都担心到冬天说多话了，会不会进一肚子凉风。

虽然长得突兀了点，但麦依依给人的感觉却是舒服干净的，头发偏黄却顺畅，坐近时还能闻到淡淡的蜡菊香味。就是那种开在野地里的小黄色花朵，不刺鼻可是味道浓郁。

而且麦依依脸部透着红，额头光洁，那种健康感我只在很少的人身上见到过，一个是我的瑜伽老师，一个是开汗蒸房兼卖印度精油的老板娘。

她总爱穿白用白，白衬衫，白色棉麻裙子，白色匡威布鞋，白色的铅笔盒，以及用了很久的白橡皮擦。低头看我的橡皮擦，黑乎乎的，在她面前从来都不好意思拿出来用。

可能这样的姑娘走在人群中，那么普通，那么平凡，那么不值得一提。她不会让你多瞧一眼。我也是好几天之后，才发现对面竟然还坐了个姑娘，而且一直都是这位姑娘。

那个稿子的期限是 15 天，前十天里我们都没有说话，只是在抬头的瞬间，如果眼神相遇的话，会冲彼此笑一笑，然后再低头沉浸回自己的世界里。直到稿子快要结束的时候，我和麦依依才有了交集。

她说她叫麦依依，麦子的麦，依靠的依。

我没喊她麦依依，我喊她麦子。

麦子来自武汉，在大慧寺 7 号院租了一个单间，一个月 1900 元的房租，押一付三，交了一年，遇到我的时候刚来北京第九天，四处投简历等消息。

3

那时，图书馆一层有家品诺咖啡馆，混熟了之后，中午我们会一起去吃碗意面，喝杯咖啡，就着她带来的超辣周黑鸭，聊一下午。

我跟她讲稿子的进度，出版社的流程，圈子里的名人八卦。她给我讲武汉的小吃，热干面、三鲜豆皮、面窝、精武鸭脖、麻小，边讲边抱怨簋街的麻小不正宗。2009 年，麦子的男朋友孙志带她来吃过。

“怎么想来北京了呢？找你男朋友吗？”辣到不行了，猛灌了口冰咖啡，问她。

“得了抑郁症。”

听到她说“抑郁症”这三个词时，心不由得抽了一下。

见我没有说话，她便继续说道：“还想过自杀，像一场噩梦。”

刚咽进去的冰咖啡在肚子里打了个转，咕嘟，掉了下去，凉到了肠子底，一身冷战。

“男朋友出轨，手上的工作也不顺心，接二连三的倒霉事像被安排好了似的，于是就生病了。嗯，是心理生病。当时我还不知道人的心会生病，开始整天提心吊胆，自我怀疑，还怀疑别人，不信任自己也不信任别人，变得越来越孤僻……越来越……怎么说呢……越来越厌世。”

她说完，把啃完的鸭骨架轻轻放在白色餐巾纸上，用嘴巴舔了舔手指头。

我盯着那个鸭骨架，又抬头盯着对面这个接着啃第二个鸭骨架的姑娘。

她干净、乐观、和善、舒服，她能把鸭骨架啃得一丝肉都不剩，手指还能保持干净，嘴巴不沾辣椒，这种有秩序与自制的姑娘，怎么会想远离人群，会得抑郁症呢？

我皱着眉头，看着她边咂吧边说：“那段时间什么都干不了，只想窝在家里睡觉，唯一能干和想干的事就是写日记，有时候还会无缘无故地大哭一场。当时我还不知道自己生病了，还一个劲儿地给自己打气，要坚强，熬过去就好了。强迫自己把所有的精力都放到工作上，见客户，谈合作，几乎每天都加班到很晚，周末也不会允许自己休息。”

“然后就好了？”我问。

她又啃完一个鸭架，辣得呼哧呼哧，用手呼扇着嘴巴，没时间回复我的话。

4

从吧台给她倒了杯水，等她平复辣味。

她咕咚咕咚喝完一大杯水，才开始继续说。

“好个毛蛋，情绪高低起伏，脾气也越来越大。可能过于压抑了吧，因为我的强力反抗，心变得越来越坚硬，我变得很累，很容易疲惫，很想睡觉。刚开始就让自己睡，可后来发现不对劲，那种沉睡不仅仅是疲惫，而是对什么都没了兴趣，觉得做什么都没有意义。再后来，就想自杀了。没自杀成不是因为没有那个勇气，而是觉得对不起父母……”

加上辣椒、凉咖啡以及麦子的话的刺激，胃里一阵抽搐，“欸……所以你就逃走了，来到了北京？”

“没有，我开始抄佛经，哈哈哈，别笑话我啊，当时《心经》《金刚经》《地藏菩萨本愿经》等等什么经都抄，也不知道经上在讲什么，就觉得抄佛经能静心，抄完一遍我会舒服一些，也不会失眠了，心态上渐渐平衡了下来。心静下来之后，一切慢慢好了。”

“哦。”我的胃舒缓了些。

“后来，孙志和我闺蜜结婚的时候，我还去送了份礼，所有人都觉得我大度，我只是不在乎了，把什么都放开了，啊啊啊，好辣。”她又啃了一个。

看她辣得好滑稽，眉毛挤在了一起，嘴巴更大了。

“病好了之后，我学会平息脑子里的念头，也开始找回心如止水的平静感。其实吧，心灵所渴求的，无非是平静以及简单的幸福感，而幸福感越强，人也会越知足，越知足就会越平静，和善，柔软，缓慢，不再急躁，也不会把“别人的事当自己的事，不会去攀比，不会去在乎外界对自己的评价，不会去小心翼翼，也会越来越大胆，做什么事情也会水到渠成。”

她打了个响拇指，算是给自己做了个结论，将那个鸭骨架放在小骨头堆上。

“那你害不害怕再得抑郁症？”

她怔了几秒，“嗯，我想不会吧，我也不知道。”

“没那么肯定吗？”

“嗯，没那么肯定。我读过一些关于抑郁症的材料，说得过抑郁症的人比没有得过的人更容易犯病。

不过现在的我觉得，要给自己一个理想，一些热爱，幻想一些美好的简单的事情，同时不顺心的时候，要学会自我化解，自我化解与自我谅解最重要了，化解的是自己，谅解的是别人。心胸开阔了，会觉得世界上也有很多事情值得去做，比如自我的丰富，比如财富的积累，比如幸福生活的创造，再比如，留着希望去遇见下一个人。”

“哦……开悟。”听她长篇大论完，我笑着说。

那个下午我们一直聊天，咖啡馆下午人很多，谈工作的，约会的，小孩子在附近上课的，我们俩窝在角落里，吃了三盒周黑鸭，喝了两杯冰咖啡，去了三四趟厕所，肚子是撑的，所以晚饭直接没有吃，接着去写稿记书摘笔记。

5

稿子延期了两三天，在交稿的那天，她邀请我去了她的小家。

房间只有十几平方米，虽然小但干净，只住了几天，她就把小房间布置得很温馨，小窗台上养了好几盆多肉植物，很小的桌子上放了很多书，墙上用线拉了一串照片，有几张她和父母的合影，剩下的是不同地方的明信片。

“工作怎么样了？”我抽出一本弗洛伊德的《精神分析引论》，随意翻着。

“下周三去亚马逊面试，职位是自己喜欢的，但是有点远了，在四惠那边。”

“可以搬家啊。”

“这倒是。”

我们聊了很多无关紧要的事情，临走的时候，她把我送到楼下的公交站，突然问了我一个很尴尬的问题。

“是不是觉得我好丑啊？”

“啊？”

“没有人夸过我漂亮。”她憨憨地笑了笑，“以前我挺在意的，每次照镜子都觉得镜子里的这个人怎么这么丑这么普通，但是经过一场抑郁症之后，发现都无所谓了，人活着的本身就很美，可以有时间与精力去创造自己想要的东西，想变成的模样，我不是漂亮的人，就想让人感觉很舒服。”

“啊……”

“你怎么总是啊啊啊的呀？”

“啊因为，你给人的感觉就是很舒服，很干净啊。”

“是吗是吗是吗？”她拽着我的手，开心得蹦起来。

“是啊，骗你是小狗。”

“哈哈哈哈，”她大笑起来，笑声充满了魔性，笑完我们沉默了很久，明天就要正常上班，不能来国图，如果她面试成功，也会开始上班，没有那么多时间聚在一起。

又沉默了几分钟，她突然说。

“我尝试过死，拿刀的时候也没有反悔，想了想父母，又放下，想先睡一觉再去死。

“第二天醒来，我盯着窗外，一道阳光透过窗帘照在我盯着的玻璃上，暖黄色的光，我对着那道光哇哇大哭起来。我突然明白过来，原来人活着是有意义的，世上有很多值得热爱的事物，就像那道光，我以前很少注意到，即便早起也很少注意清晨的光，那天我发现那一束折射在玻璃上的光，竟然如此地美。”

车子来了，我没有上车，而是听她继续说下去。她也没有注意到那辆697来了。

“我就死死盯着那道光，哭累了，就睡了过去。再次醒来后，我去跑步了，身体运动起来后，我庆幸自己没有死。”

“我有好多事情要做，学法语，去自己想去的公司，做自己想做的工作，甚至是出国，还可以读读不尽的书，看那些传世的电影，不断地丰富和完善自己。啊，很多很多值得做的事情！嗯，还有画画，我小时候学过一段时间的国画，还拿过奖，不过后来不画了，现在我觉得有必要重拾起来。”

“嗯，等我找到工作后，要去报个班，学法语和画画，然后攒钱，出国。”她说的时候，放着光，满脸期冀和向往。

车子来了两三趟，我都没有上车，我们开始谈彼此的理想和希望，还有这辈子最想做的事情。

不过最后我还是上了车，走了。

后来我再也没有见到过麦子。

6

那一年是 2011 年，还没有用微信。

在认识麦子后的那个冬天，我去金台夕照取仓鼠，在公交总站台旁手机被偷了，发现手机不见的瞬间，我马上想到了麦子，完蛋了，我没有麦子的 QQ，没有邮箱，只有个号码。没想到人与人的联系就这么脆弱，缘分到了，就再也见不到了。

其实那天手机还在的时候，麦子的笑脸从我脑海里一闪而过，可能人真的是有预见性的。

周末我去她住的地方找过她，房子还没有到期她就搬走了，也问了在亚马逊的朋友，公司没有麦依依这个人。

后来我身边的人也有得抑郁症的，我自己也得过，知道抑郁症是一种很可怕的心理疾病，第一步阻断自己与外界的联系，阻断自己与内心的联系，开始厌世；第二步心累想睡觉，没有精神，容易疲劳；第三步怀疑人生，对所有事情失去兴趣，走到最后就是感觉活得太累，想去死。

我不知道麦子有没有再陷进去，我只想把这个故事写出来，如果麦子能看到的话，希望她能记得自己曾经说过的话，那些充满希望的话。

就是在那个夏天，我刚毕业，刚进出版社，一切都很不熟悉，不敢和老同事说话，也融不进新同事的小团体里，通过朋友的关系我接了第一部稿子。

虽然交了稿，但没有被用，砸锅了。但是我一点都不伤心，虽然从 2011 年起我不敢轻易写东西，但从来都没有停止过读书，记下一些灵感，也没有忘记过跟麦子谈过的话。

还是会常常去国图，却再也没有遇到过麦子。

还是那个夏天，我每天早晨买一瓶酸奶，草莓味的酸奶，晚上把瓶子冲洗干净，把透明的小玻璃瓶放在小阳台上养上了绿萝。遇见麦子的时候，绿萝只有一两片叶子，如今已经长得老长老长延伸到阳台下面，变成一道绿瀑布了。

麦子曾说，她想去黄河壶口瀑布，说人生的路要有转折，才会有惊天动地的响，虽然有时候她不得不平心静气地细水长流。

我说，起起伏伏，都是平常，而生命得有裂缝，光才有机会照进来。

爱与恨不是对半分

G165 八点二十从北京发车，终点是杭州东。

一上车，旁边后座的那孩子就一直在哭。人很多，放行李的，找座位的，上车堵在车廊里的，每个人都很不耐烦，听到这哭声更不耐烦了。孩子的爸爸黑着脸捏着小孩子的胳膊，急速速地说着听不懂的家乡话，想让他安静下来。

可能用力太大，声音太响，他哭得更厉害了，咧开了嘴，昂着头，泪花子滚啊滚。

大约过了十分钟，每个人都找到自己的座位安坐了下来，孩子也安静下来了，回头瞥他的时候，他正用手托着小脸望着车窗外慢慢移动的风景。北方的大地上开始长麦子了，嫩绿色的麦田覆盖住了黄色的土地，偶尔几棵坟头上的柳树，像守护神一样立在田间。

列车员来检票，爸爸把那盒泡面放在小桌板上，从口袋里掏出车票和身份证，然后对检票员说："同志，我的手机丢了，打电话也关机了。"

"什么时候丢的？"

"就刚刚上车的时候，我娃娃坐在那个座位。"他指了指我身后的座位，

“然后又换到了这里，手机就找不到了。”

“什么牌子的手机？”

“华为的。”

后来也没听到检票员说什么，过了几分钟来了两三个列车员，这个时候穿红色制服的扫地阿姨提着扫把也凑了过来。那爸爸就开始叙述手机是怎么丢的，他说娃娃就在那儿玩手机，娃娃什么都不懂，就给他玩玩手机里的图片和游戏，娃娃他有病，他们第一次去北京，带他去北京看癫痫病。

说到这里的时候，心里紧了一下子，又回头看了那孩子一眼，孩子六七岁的样子，是个小男孩，脸部轮廓遗传了爸爸的模样，只是还没有长出大人的世俗相。他正用双手捂着脸，谁也不看，身边的爷爷想用手掰开他捂脸的小手，他也不干。车厢里一片安静，只剩下他们仨的声音，列车员也不说话了。拾了手机的人可能就在附近，不知道他心里在想什么。

沉默了几分钟后，列车员和红色制服阿姨走了，扭头看他们祖孙仨的乘客也转过了头，那孩子的爸爸站起身给泡面接上热水。

等他正在“刺溜刺溜”吃面的时候，列车的广播里响起了寻物启示。“五号车厢的乘客丢了一华为手机，如有拾到者，请归还到五号车厢的列车员处。”

上次坐车去苏州，也是一上车就有人丢了手机，手机是苹果 6s Plus。我和同行的人四目相对笑了笑，有可惜，有庆幸。只是当时没有坐在掉手机者的身边，广播停了，也就忘了。

收拾垃圾的那个阿姨来了，问他手机找到了没，他说没有，手机关机了，阿姨收走了他的泡面碗，叹了口气，走了。

可那孩子的爸爸还一直在说，好像谁给他划了个口子，话就从那缝里不停地流啊流，他说他娃娃有癫痫病，手机就五百块钱，也不值钱，他们去北京是给儿子看癫痫病的，跑了三四家医院，做了三十多项检查，每天要吃好几百块钱的药，娃娃他没有智力，他什么都不懂，所以才给他手机玩，然后手机不知道怎么就没了……

他在那里自己嘟囔，黑黑的双手放在磨了皮的黑裤子上，眼神望着前面的小板桌，像是在跟空气说话，也像是在求拾了他五百块钱的华为手机的人，把手机还给他。

“手机不值钱的，手机里的电话号码很重要，里面有几个医生的电话，丢了号码不知道怎么联系他们了，医生给的意见也记在了手机上了，我娃娃不懂事，他什么都不懂……下了车我们没有手机联系家里人。”

车厢里坐满了人，没有一个座位是空的，也没有一个人接他的话，一片尴尬的安静。

他可能在怀疑我后座的人拾了手机，不时地找话跟他说，“手机卡怎么办啊？”

“你打个电话就可以挂失了。”

“那我那个号还能用吗？”

“可以用。去营业厅拿身份证，不用花钱，就能办回来。”

德州站到了，济南站到了，话题就这么断断续续，口里的话，找到人倾吐了。

他还有一个女儿，念初中了，很懂事，特别特别懂事，学习成绩很好，从来没强迫过她学习，一回家就帮家里干活。我后座的那人就一直哦哦哦。

“我们去了趟金銮殿，还在天安门前拍了照，照片都在手机里，手机一丢什么都没有了，本来想给他姐姐看看的……”他一边说，一边还在凶坐窗户边上的小男孩，小男孩拿出列车网兜里放的杂志遮住他半边脸，不想看他的爷爷和爸爸。

爱和恨总是对半分，他是他儿子不得不爱，称他娃娃，他让他丢手机让他操劳让他不能好好过日子，满心的怨气让他黑着脸用着劲拧他的小胳膊。爷爷自始至终一句话都没有说，满脸沟壑和痛苦，看看孩子再看看窗外。

不知道为什么，突然想起来去年坐车去南京，我的对面是一个十几岁的小女孩，不能动，被40多岁的爸爸像抱婴儿一样抱在怀里，喂她吃东西，奶奶坐在外面，给她剥橘子皮。她的脸很白净，眼神很单纯，一脸的祥和，奶奶问她还吃不吃，她摇头，连话都不会说。

吃完东西，那帅气的爸爸搂着她，轻轻拍她入睡了。她比其他孩子不幸，也幸福得多。

不知道为什么，会把两件事情联系到一起，只是一下子脑子里就想到了那个女孩。虽然也不知道她长大怎么办，但遇见她的时候，身边都是充满爱她的人，爸爸眼神里没有怨恨，是珍惜，奶奶举动里没有嫌弃，也是珍惜，还有宠爱。

爱和恨不是对半分，孩子总是负担，也不是负担，爱可以生出很多东西，去填补恨与怨的位置与空间。恨生出谩骂、抱怨、粗鲁、贫穷，脸上的沟壑与层层的抬头纹，爱呢，爱可以生出温柔，生出柔软，生出珍惜，生出安心和温暖，生出宽恕与谅解。两种情感都有力量，一个是坚硬的，让人越走越狭隘，像掉进砖缝里；另一个软软的宽阔的，像被轻轻扔进大大厚厚的棉花絮里，也像是我们还没有出生时，那安全安详的地方。

那孩子昂着头不哭了，幼稚的小脸望着风景。希望未来的路都能像他看的风景一样，走得顺一些。

车子快到杭州了，我起身倒了杯水，又依着车廊里的窗户看了一会儿江南的风景，回到座位的时候，爸爸手里多了一个老式的手机，他坐在那打了很多个电话，告诉家人和朋友他刚才的经历，也有几个电话打进来的，手机铃声很响，是凤凰传奇的《荷塘月色》，前面的座位还有人跟着合唱。

孩子也高兴了起来，爸爸也不再凶他了，伸出双手逗他玩儿。不知道谁给的手机，下了车，也没有见到那去北京看病的祖孙仨。

痕　迹

1

那天下午三点多，我在单向街一层的阅读区写影评。

隐藏在花家地院子里的单向街，平时人不多，即便周六日坐满人，阅读区也很安静，有些人轻轻码字，有些人轻轻翻动书页，还有些人围着小圆桌小声讨论下一期文艺沙龙的主题，是做日式生活的分享呢，还是介绍外国的独立设计师。

这家书店的窗户都很小，窄窄的，竖竖的，单页窗，还被外面满墙的爬山虎遮住了光，整个空间阴阴暗暗。不过我喜欢这种安静和阴阴暗暗的感觉。

因为中午睡过了头，来的时候已没有座位，我坐在靠近吧台的位置，正在另一个世界里敲打着感悟。突然，一个高高瘦瘦的小伙子举着长长的杆子，倒退着疾走走过来，杆子顶部灰绒绒的录音筒也跟着他倒退到吧台区，紧接着，没几秒，又一个男孩子扛着相机倒退了过来，他们俩跑得太急，把木质地板踩出了声，噼里啪啦的，打破了刚才的安静。

我给一段话挂上了句号，抬起头看怎么回事，恰好就望见了那个女孩子。

那天，她穿了一件深黑色阔腿裤，白色紧身舞蹈 T 恤，T 恤的样式是大开领，露着光滑的肩膀，那是我特别特别羡慕的肩膀，深深的锁骨，削圆的弧度，头发披在了身后面，隐约可以看到同样光洁的后背。

她走在摄影机的前面，身子挺得笔直，微笑着，那笑不冲任何人，只冲着摄影机，那笑是自信的，脚步也很快，速度和倒退着跑过来的男孩子们无异，所以她走过我身边时，感觉到有一阵风随脚步而来。

她走进吧台区，和里面的服务员说了几句话，抱起一瓶还没有全开的白色龙舌兰花，消失在门后面。当然了，摄影机和录音筒们也消失了。

哎呀，她应该就是汪化了。

看样子也就二十多岁，可简介里的她没有这么漂亮，那个从农村走出来，一路坚持画画，并举办了个人画展的她，在照片里也没有这么显气质。

我忘了当时为什么没有喊住她，是因为看她正在忙，还是因为我自己的羞赧，还是因为她那肩膀太漂亮了，让我产生了距离感？我忘了原因，只是放下手里的活，跑到二楼去看了她的画。

那时单向街的二楼，全是她的画。不是油彩画，不是水彩画，山水画，而是线条的抽象世界，画里没有人，没有物，没有景，只是线条，有单幅的画，也有长达 30 米的长卷画，我深深被她的画给震撼住了，呆呆的像要窒息了似的。

原来真正美的画是没有主题没有意义的，人们来到一幅画前，能感悟到美感触到一种生命的精神，或感知到某种画者的情感，这就是画的意义。就像阅读，阅读到一段能表达自己感受的句子时的共鸣。

汪化的画里只有线条，但从画中我看到了河流、根系、云层、海浪、树叶、风、愉悦、困顿、痛苦、突破、快乐、希望以及生命在壳子里爆发的震撼的张力。

这是汪化抽象画的美。

我必须和她再见一面，再谈一谈，我心里想。

2

说来，人与人相遇这件事，是无数的巧合叠加促成的必然。

在一个月前，也是周六，我去单向街看书，走到门口，却被告知封了场，有场现代舞的首演会用到书店一层的空间。

现代舞？在书店里首演？书架之间怎么跳舞？跳什么样的舞？

有很多人排队取票，正当我犹豫要走的时候，一个法国男人牵着一个中国女人径直穿过排队的人群，进了书店。那女人已经不年轻了，40多岁的样子，手腕上戴着三串手链，左右手指上都有戒指，嘴唇涂了挑眼的玫红色，她侧肩走过我时，我闻到了一股小玫瑰花的香味，我猜她肯定在法国生活过。

犹犹豫豫的我走向张贴在门口的海报，舞蹈的主题叫"我觉得我爱你"，舞者站在海边，海报封底是青白色的，艺术监制是侯莹。

"我看那场舞看哭了。"

"啊，我也是。而且现场很多人都哭了，我亲眼看到身旁那个舞者，他站在沙发上，眼角流了泪，那是我第一次这么清楚地看到泪从一个人的眼睛里缓缓流出来。是成行的。"

"其实舞蹈和绘画一样，它在表达人类最深处的感情，那些感情可能是平时被我们封压在深处，忘了的，或正在经历的，或不敢触碰的。通过绘画、舞蹈以及音乐等艺术形式表达出来的时候，我们都会被深深震撼到，想到一个场景，想到某一件事，想到内心里的某一个人。”

“是啊，作为有感情的动物，真好啊。”

“这就是艺术的意义，看似没有任何用途，却可以让人的精神一次次升华，一次次看清裹在纷繁庸碌生活里的真实自己，真实内心。通过它们，可以让我们有机会倾听发自深处的声音。”

这是后来，我和汪化见面时说的。

那天名叫“我觉得我爱你”的演出，她也在场，虽然我们彼此还不认识，却站在不同的角落观看同一场舞，经历着舞蹈带来的情感上的洗礼。

正因为这场“我觉得我爱你”的现代舞，我们被拉进同一个微信群，而后她在群里发了她在单向街画展的信息，我加了她好友，我们成为了朋友。

3

那天我没有叫住她，而后的几天里我也一直没去单向街，直到又一个周末，汪化画展的最后一天。

我跑到二楼想再看一看画，没想到她在，而且还叫出了我的名字，一下子觉得好欣喜。

不过这次的她和上一次是完全不同的风格，甚至让我怀疑见到的那个黑白两色的女孩子是不是汪化。

她把头发编成辮子，粗粗的发辮在脖子处拐了个弯，耷拉在胸前，衣服是暗红色的棉麻长裙，长到脚踝处，这次走近了看，发现她并没有上一次我见到的那么年轻，上次我以为她只有二十四五岁，现在却发现可能要稍微大一点。但当我冒昧地问她多大了的时候，实际年龄还是让我震惊了。她一点都不像三十六岁的人，我以为她只比我大几岁。

没有化妆，额头很光洁，眉毛也是，一脸干干净净的素颜，开口说话时，有力，洪亮，有南方人特有的口音。

当时她正在与两个阿姨聊天，围着小桌子，桌子上放着几杯柠檬水，见她们在说话，我没有去打扰，而是站到另一旁去看她的画。

“你住在哪里呢？”

“就住在书店附近的小区里，以前住在地下室里。”

“一个人住还是？”

“相当于一个人住，舍友交了房租也不回来住，我觉得她们是为了我才租的房子，想让我安心画画。”

“那你不工作，钱怎么来？”

“我就画画啊，平时在书店里，自己吃得不多，不像很多人，需要车子，需要房子，还需要很多钱才能活下去，我只需要一点点东西就能活下去，我活下去的成本很低，但我的快乐却很多。我见过太多的人，他们拥有比我多得多的东西，可还是有很多很多烦恼，甚至痛苦。”

“其实也有人觉得我有毛病，就像有一次我坐车进一座山里，看到有一棵很漂亮的树，很美很美，特别的漂亮，怎么会有那么漂亮的树呢，直到今天我还记得那棵树的样子。当时我就想下车去好好看看它，摸一摸它，可车上的人会抱怨，他们看不到那棵很美的树。可那棵树真的很美啊，他们也不下车，还埋怨我下车了会耽误他们的时间。”

“现在的人都很忙，时间都很紧，连去看一棵树的时间都没有。”

我站在汪化的画前，听她跟别人说话，更觉得那画里有生命力，那种生命力竟然让我如此感激，甚至，说得矫情一点，是热泪盈眶。

可它真的是让我热泪盈眶啊，那种对生命的最真挚的感悟，以及灵魂的孤洁干净，还有心灵的丰富。都让站在旁边的我感动得一塌糊涂。

4

她们怎么聊都聊不完，聊得我心急。

于是我走了过去，她笑着冲我摆手，示意我也坐下来。我知道她天天在这里坐着，和一个个过来的人说话，认识的，不认识的，有像我这样奔着她来的，也有不知情况闯入的。远处有个摄像机和录音筒跟着她，两个小伙子蹲在角落里听她聊天。

他们在拍她的纪录片。

我坐了下来，那两位阿姨便微笑着站起身，说："你们先聊。"

她忙说："不打紧，我们可以一起说说话。"

阿姨说："你们聊，我们俩先看看你的画。"

于是剩下的交流就留给了我。

我没问她的故事，因为已经看过很多报道，她出生在福建的小山村，只上到小学五年级，16 岁开始像其他孩子一样去各地打工，直到她偶然间参观了中央美院图书馆，便住在了美院附近的地下室里，在这所学校的食堂里当钟点工。

但我在和她聊天时才知道，原来从很小的时候她就喜欢画画，画一些山，山上的树和果子，村里的小动物。即便在打工的时候，她也在画画，并不是像我们看到的报道那样，遇见了美院的图书馆就成了画家。一个人能把作品展现到你面前，在这个过程中，肯定经历了很多我们看不到的故事。

“我遇见最困难的事情是什么？”

她好像被我第一个问题给问到了，她想了想，说，“从小到大，碰到的困难很多，数都数不清，但没有最困难。”

“在上海的时候，有一个特别有钱的老师‘收养’了我，让我在他工作室里工作，其实说是工作，也没有什么活可干，我可以成天画自己想画的画。有一天我跟他说我想去北京，因为上海那个城市是商业化的城市，它不适合画画，只有北京，才适合画画。”

“那位老师说，你去吧，饿肚子了再回来，于是我就拎着麻袋子来到了北京，里面装着一床被子，几件衣服，其他没有什么了，当时身上只有几百块钱，可是北京租房子太贵了。我来的第一天住的虽然是最便宜的宾馆，但也花了很多钱。后来我就在大街上走，一个人，身上没有任何钱，不知道将来要睡在哪里，那个时候我想起我老师说的那句话，饿肚子再回来。”

“我没有回去，后来一个美院的学生收留了我，和她一起住。搞艺术的人往往都是这样，大家互相体恤和帮助。”

她还讲了很多，我听着。

“你觉得宇宙之外有神吗？”

“啊，你怎么会问这样的问题？太有意思了，这些天我都回答的是同样的问题，都问我的经历，我脑子都快蒙了，昏昏沉沉的。我也常常思考宇宙的事情，我画里有时候就会表达我对宇宙的思考，虽然我也不知道宇宙之外的是什么，但肯定是比人高级的。”

“那你怎么看《心经》？”

汪化显然被我的问题激发到了，她挪了挪脚，她的脚是赤裸的，没有穿鞋子。我也是一个不爱穿鞋的人，所以早早地一上楼也脱了。三毛也不爱穿鞋子。

“《心经》？哈哈，我每天都读《心经》，它太神奇了！也伟大极了！所有的智慧都在《心经》里面！”

我跟她说我最近看到的一句关于心经的话，“‘揭谛揭谛、波罗揭谛、波罗僧揭谛、菩提萨婆诃’释义是‘去经历去经历，超越它，然后到达彼岸’”。

“对！！！就是这样子！啊，这句话，这句话，是我听过的，最好的解释！也是我最想说的！有时候我们的经历，阻挡在我们前面的事情，就要去经历它，去战胜，去超越它，然后到达那个彼岸。太棒了！这个解释太好了！人生真的就是这么一个过程啊，我发现你的头脑里面竟然思考着这些东西，我也经常思考关于宇宙，关于精神层面的事情。”

“你想过自杀吗？因为很多搞艺术的人都会选择自杀。”我忐忑地等着她的回答，因为很多搞艺术的人确实玩到最后自我结束了生命，他们活得太纯粹，又太脆弱。

“我不会。”她这么说，我松了口气。

“我也不会。因为我还没活够。”

“我也是！没活够！活着是多么美好的一件事情。还有那么多的地方没去，那么多的人没有见到，只要老天不让我死，我就不会主动去死。”

5

好奇怪，其实我本来都不知道要和汪化聊什么，我们竟然围绕着宇宙、神、死亡、人的精神、磁场、感受力、艺术这些抽象的东西聊了半天。我告诉她我自己的感悟，她告诉我她的感悟，那种思想上的撞击与愉悦，特别少见与难得。

我告诉她我直觉的敏感度，以及对人气场的感知力，她告诉我她在某次关于战争题材的音乐剧中画画，能感受到周遭庞大的气场，战争的血腥残酷，人性在战争中的扭曲，她就在那种场合里作画，直到音乐结束了，她还在画。

我们就这么聊啊聊，聊到她另一位来买画的朋友来，其实我也想买画，特别想买，但太贵了。后来等我下定决心买的时候，画都卖没了。

看她跟朋友介绍的瞬间，我悄悄地离开了。我答应她要写她的故事出来放进我的书里，我也想过怎么去写这个故事。想了好久，我想我还是不要去讲她的经历了吧，她的故事你可以在网上搜得到，我只写我看到的汪化。

她真的是一个灵魂特别干净的人，你完全看不出来她已经三十六岁了，时间在她脸上仿佛停滞了一样，虽然也有成熟，但你能感觉到她还像个小孩子一样，心里什么都不留，她说她也控制不了自己，有时候想控制一下，矜持点，但还是遇到高兴的事情就想和无数人分享，遇到不好的事情立马就爆发。她控制不了。

她说话声音很大，每句话说得都很真诚，她那样的纯粹，也是我见过的最纯粹的一个人。在遇见她之前，我不知道什么叫纯粹，遇见她之后，我发现纯粹就是一点点接受那个真实的自己，自己的阶层，自己的尴尬，自己的一无所有，以及自己好的与不好的感受。

她也真的是为画画而生的人，她说世界上很多人其实都可以活得很快乐，很轻松，但就是有太多的欲望，这种欲望让世人放不开，她说她不需要那些名牌的包包，也不需要名牌的衣服，更不需要什么车子房子，人在这个世上停留的时间多短暂啊，我们却为这些身外之物放弃好多可以让我们快乐幸福的东西，比如她不会为了获得一个包而去做自己不喜欢的工作，而放弃画画。

但很多人，为了得到这些东西，却做着自己不喜欢的事情，还放弃了自己大部分的热爱。好遗憾。

办完画展的汪化，去了趟西藏，好像又去了趟云南，然后又回了老家，这些都是她想去的地方，我猜，她是想把画展得来的钱都花掉，去做她想做的事情吧。她还是和以前一样，赤裸裸来，无牵挂。这就是纯白色的世界。

我一直想看，一个人如果完全挣脱生活的琐碎，人性的懦弱与不安，内心的不坚定与妥协，去冒险做自己喜欢的事后，这样子的人面貌会是什么样的。原来就是汪化这个样子，有力，透彻，又让人觉得舒服，还有，还有就是年轻。

对，是年轻。曾经我们问谁能出走半生，归来时仍是少年。希望你经历各种波折流浪诸多地方，褶皱里仍有一个年轻的正直的谈着梦想的灵魂。

那才是我们保持年轻的源头啊。

对了，汪化画展的名字叫《痕迹 》，让我在大幅海报前驻足的那句话是：“艺术可以触及到最深层的我们，那个语言不存在的地方。”

——艾琳·米勒（Eileen Miller）